U0073786

芙蓉

因天地靈氣而生的崑崙女仙，受眾神寵愛。她個性活潑愛撒嬌，有時很少根筋，所以常在煉丹時炸了丹爐、煉藥時煉出毒藥，成功率奇低且破壞力驚人的後果（曾炸過瑤池金殿、天宮九龍池、東華臺偏殿）讓自己欠下大筆的修繕費用，被仙界巨頭們密謀踢下凡，以歷練之名工作抵債。

李崇禮

當朝的五皇子，封寧王。他處事淡然低調，對朝廷事沒興趣，對皇位沒有執念，在宮廷中和母親賢妃是弱勢的存在。他是宮中發生詛咒事件的受害人之一，因前世積善積德，今世應該享福一世安穩，故助他渡劫被九天玄女説成是簡單任務。

東王公

仙界東方蓬萊仙島的主人，居於東華臺，統率紫府以及所有男仙，上司是玉皇，並與地府主事者有深厚的關係。沒人能從他淡然的微笑下知道他在想什麼，興趣是無聲的出現在熱鬧場合中，觀看旁人發現他時的反應。對待芙蓉，似乎帶點莫名情感。

人物介紹

芙蓉仙傳

神探女仙我最讚！

塗山

修行達千年的九尾狐，外貌姣好妖媚，由於某種原因，長居於後宮賢妃的宮殿中，且十分用心的保護賢妃及李崇禮的安全，在仙界及地府有不錯的人脈。他毫不排斥化形為女人，似乎還很樂在其中，時常把後宮的宮鬥情節當戲看，有時會作弄看不順眼的後宮妃子。目前喜歡上逗弄芙蓉和調戲潼兒。

潼兒

原是東華臺服侍東王公的仙童，未來紫府的後補勞動力，目前被派到芙蓉身邊，處於侍童、玩伴、出氣筒、好姐妹等等的角色。本以為芙蓉下凡後他能有一段平安日子，但事與願違的被東王公派了下凡，開始他欲哭無淚的凡間生活。

歐陽子穆

書香世家子弟，有功名在身卻拒絕入仕，待在王府輔助好友李崇禮。把潼兒當妹妹看待，但態度上卻讓芙蓉不得不想歪。

芙蓉仙傳

神探女仙我最讚！

目錄

夏蟬聲有點吵耳，在王府正苑那邊因為怕吵著了主子休息，每天也會有人負責去把樹上的蟬黏走，但府裡其他地方就沒有這待遇了。

而算帳時被蟬聲吵著，總會令人煩躁幾分。

「管事，姑娘又來了。」

當黎管事打著算盤、口中唸唸有詞的計算著中元節的開支時，帳房的一個侍童神色有點緊張的從外邊走進來，連待在門外先請示一句的規矩都忘了。

黎管事手抖了一抖，剛才算了大半的帳因為腦袋一時空白而瞬間化為烏有。放下帳本，他把臉埋在雙手中嘆了一口大氣，聲音有點哀怨：「又來了！怎麼這幾天那姑奶奶來得這麼頻密？」

才一想到，那人就來了，黎管事心裡想著果然白天不要說人，半夜不能說鬼。可惜沒時間給他思考對方來得這麼頻密的原因，那人已經走進來了。

「打擾你了！黎管事現在有空嗎？」人未到，帶著笑意的甜美聲音已經從帳房外響起。

相比黎管事開始發青的臉色，芙蓉臉上的紅潤氣息和他成了一個頗大的反差。她一身王府大丫頭穿的嫩紅裙裝，臂上掛了條虹彩色的披帛，頭上仍是梳了兩個令她看起來更添幾分俏麗的丫髻，上面只簪了鮮花裝飾，除此之外她並沒有配戴其他的首飾。府內有點年資的大丫頭們大致都是這樣的打扮，但只有芙蓉一個會讓人覺得她像個小主子多於一個下人。

府內流言仍多，連地下賭局也都開了，說芙蓉遲早升格當主子，但這少女一直都一副不以為然的態度，半點恃寵而驕的跡象也沒有，讓期待想找她辮子的人一一落空。

寧王李崇禮給了她不少特權，正苑讓她隨便出入，有需要也讓她調度下人，連王府倉庫都讓她隨便進去，這樣的特權令不少老資歷的管事瞠目結舌。話說前王妃也沒有隨便出入正苑的權利，那時候她是硬闖進去的。

除了她，年紀更小一點的潼兒也一樣是特權分子。現在王府沒有女主人，這兩位新貴讓全府上下注目，但也就只有注目而已。

流言總歸是流言，被傳的當事人每一個都坦蕩蕩，完全沒放在心上。

「芙蓉姑娘怎麼又來了？」即使黎管事的年紀足夠當芙蓉的父親有餘，他還是客氣的喚一聲姑娘，王爺跟前的紅人怎麼說也該討好一下，芙蓉對他們很客氣也沒有鼻子朝上趾高氣揚，再說只是個稱呼而已，也不至於讓他們這些老人面子無處擺。

「哎呀！聽管事的口吻好像很不喜歡看到我似的呢！」芙蓉呵呵的笑了兩聲，面對王府中的管事她微微屈膝打了個招呼。伸手不打笑臉人，這道理芙蓉明白得很，只是笑一下、說些好聽的話，就得到方便又不得罪人，她何樂而不為呢！

人際關係這方面，芙蓉自問自己做得不錯的。在仙界，她的人脈自然多；來到凡間，以她本身的外表已經足夠討好，加上適時送幾句甜膩膩的話，就足夠令下至三歲娃娃上至八十的男性當她女兒孫女姐妹來寵了。至於女性方面，或許是同性相斥的因素，芙蓉甚少和同年齡層的女性發展出正面友好關係，反而上了年紀的婆婆媽媽會好一點。

以前芙蓉在崑崙混得不算吃香，現在在王府也是一樣，和她年紀相若的丫頭們對芙蓉可說是冷淡和避忌的，她們的視線總是冷淡中帶著妒忌，對她如此，對潼兒也是。

不過對於指向自己的惡意，芙蓉一向少理，只要不犯到她頭上，她也沒打算花心思爭取對方的好感。她很忙，正事之外她仍在忙著研究如何使用凡間各種材料達至煉丹術的境界。

「怎麼敢這樣說呢！芙蓉姑娘可是王爺跟前的大紅人，這次來庫房是王爺有什麼吩咐嗎？」

「聽說昨天宮裡來了批下賜的名貴藥材？」說到自己此次前來的目的，芙蓉一雙眼睛閃閃發亮，活像那些宮裡下賜的東西是送給她似的。下凡了這麼久沒見到多少天材地寶，心裡早饞得半死，聽到又來了好東西，她早就肖想得會隨時嘿嘿嘿的奸笑了。

黎管事嘴角一抽，勉強維持著一個僵硬的親切笑容，雖說他已經有心理準備新藥材送到後這位

姑奶奶很快就會出現，只是沒想到這麼快，而且又是選在他最忙的時候來！

「芙蓉姑娘的消息真是靈通，我還沒做好存檔妳就來了。」

聽到想看的東西已經運到，芙蓉嘴角的笑意更深，眼笑彎之餘，兩頰紅通通的一臉幸福。

「黎管事～～」芙蓉用撒嬌的聲音喚了黎管事一聲，眼睛渴望巴巴的看著他，害已經上了年紀的黎管事也不禁心跳加速了一下下。

倒不是芙蓉有什麼勾引男人的成熟魅力，芙蓉是漂亮美麗的，但男人大概會先把她歸類為漂亮和美麗的大女孩，而不是個女人。

像現在黎管事的心跳加速是建立在一個疼女兒的慈父心態上的。

「東西可以看看嗎？」大眼眨眨，渴望的星光每眨一下就閃動一次，令人難以拒絕她的要求。

「這不合規矩呀！」黎管事輕咳一聲，臉上擺出為難的表情，但心裡早就已經點頭答應給芙蓉看那些東西，只是站在管事的立場得做做場面，不然被追問起來說他毫無拒絕、一下子便放人進去看就麻煩了。

「我只是看又不會拿了你的，不然我去跟王爺說一聲吧！你就讓我進去嘛！」

如果芙蓉再少一、兩歲，又或是黎管事的頭上多點白髮，芙蓉恐怕會動用十歲以下小女孩的絕招，拉著叔叔伯伯的衣袖吵著要糖吃，先不論目標人物是被萌翻了還是被煩倒，總之小女孩都能如願以償就夠了。

黎管事不禁失笑，真的讓芙蓉去跟王爺說一聲，難道王爺會說不嗎？最後還不是發話下來讓她去看個夠！

「姑娘就不用去請示王爺了，只是姑娘得眼看手勿動，御賜的東西不能有閃失。」

「放心！反正都是吃進肚子去的藥材，毀了就說是王爺吃了不就成嗎？」笑得開懷的芙蓉非常不負責任的說，想對那些藥材動手的打算表露無遺，讓黎管事和那位侍童雙雙聽得冒冷汗。

或許讓人去通報王爺一聲比較好，黎管事不禁這樣想。

「上次姑娘看完的人參可是少了一把參鬚呀！這次芙蓉姑娘可真的不要碰了。」

「我要那些參鬚做什麼呢！哈哈……」芙蓉眼睛轉了轉，意圖掩飾自己上次的多手行為。

要不是上次她拔了好幾條參鬚回去，哪有材料養那幾盆仙參呀！與其讓她出去買一株普通貨色回來，不如借李崇禮的好了，既方便素質也高。不過這次她的目標可不是人參了，芙蓉想看看有沒有其他好東西，就算是已經乾製過的也行，到了她手自然有辦法種出來！

「下次正苑要什麼，姑娘讓人來說一聲就可以，何必次次親自來呢？」領著芙蓉來到上了幾重

鎖的倉庫前，黎管事一邊用他隨身帶著的鎖匙開了幾道重鎖。

存放藥材的房間特別注意要通風乾爽，一個個並排的架上分門別類的放了各種藥材，有的是在外搜羅回來給王爺進補用的，也有很多是宮裡下賜的，整個房間都散發著藥材的味道，芙蓉個人是很愛這味道。

雖然和仙界天材地寶發出的藥香還是差了一大截，但一個熱愛煉丹的愛好者面對藥材，那絕對是抱持多多益善、少少無拘的態度的。

「黎管事見外了，芙蓉是小婢，哪敢指使他們人來吩咐管事辦事呢！」芙蓉說著沒人會信的話，隨口應了黎管事一句就兩眼發亮的看著架子上放著的珍貴藥材，早就把站在門邊的黎管事當成空氣了。現在她眼中就只有滿架的藥材，就算現在不合用也沒關係，純欣賞也不錯。

「這次宮裡好大的手筆，這株人參可值錢了！」芙蓉在新來的賞賜中找到了最大的一盒，裡面放著一株沒把參鬚算進去便已經有差不多她前臂長的人參，只說大小已經是一個奇觀了。

看到芙蓉拿著那株最珍貴的人參，黎管事心裡一驚，就怕芙蓉又要折騰這珍品了。

這東西看在芙蓉眼中也就只有尺寸看得入眼了，人參再巨型也不夠她的仙參好，多看兩眼後她就沒了興趣，闔上盒子放到一旁。

在庫房轉了一圈，記下了一些她認為有用的名單後，芙蓉呵呵笑著和一額頭冷汗的黎管事離開，看著黎管事小心翼翼的把鎖重新鎖上後，她一臉滿足的道了再見就回去正苑了。

那些東西待需要時讓人送去正苑即可，現在她也得先回去準備一下晚上給李崇禮的補品。

走了幾步，芙蓉又突然想起一件事，急急的走回頭拉住了正忙著嘆氣連連的黎管事。被一個妙齡少女拉著衣袖令已屆中年的管事渾身不自在，一個大男人只好一直縮手，盡可能把衣袖從芙蓉的手裡抽回來。

「芙蓉姑娘怎麼了？」掙扎無效，黎管事看著這個比他女兒年紀還小的芙蓉，只求她千萬不要拉著他的手臂搖了。

「前天提過的，正苑要的那些東西什麼時候會有？」

「那些方管事早就去打點了，這中午前應該就會送到正苑。其實要什麼讓廚房去做不就好了？姑娘是打算弄什麼？」

「祕密。」聽到自己要的東西快要送到了，芙蓉高興的想哈哈大笑，一雙眼睛透著不同的打算，看得黎管事心裡發毛。

別人說大家閨秀笑不露齒，含羞答答輕聲細語才是有修養，芙蓉的外表是足夠像位千金小姐了，但舉止完全出賣了她。眼中盡是藏不住古靈精怪的想法，連只是想像也已經忍不住要哈哈大笑，沒人在旁邊提醒她就要原形畢露了。

芙蓉踩著蹦跳愉快的步伐回到正苑門前。

因為上次的刺客事件令龍顏大怒，皇帝一聲令下，王府正苑就多了一批宮裡派來的侍衛，一天十二個時辰毫不間斷有人守著。這不是只有寧王府才有的特殊待遇，幾位皇子的居處皇帝也都派了侍衛看守，也不知道是守著不讓刺客進來還是監視王府的主人們，幾位皇子大概各有想法。

侍衛是皇帝口諭派來的，即使皇子們不喜歡也不能遣走，其他人或許會覺得多了掣肘，自己在府裡的活動全在皇帝眼線的監視之下，唯一會覺得無所謂的恐怕只有寧王李崇禮一人。

正苑的花園每十步就有一個全副武裝的侍衛站崗，而正苑又有秦廣王他們布的法術保護，這兩三天下來芙蓉少操心了保全問題，生活變得更悠然自得了。

每見到一個侍衛，芙蓉都會像是老相識般打招呼，只是那些在宮裡受過嚴格訓練的侍衛都是板著一張臉，目不斜視堅守著自己的崗位。

在這裡出入的下人仍是和以前一樣少，靜得不像住著了一位王爺。

「芙蓉！」聽到少女的腳步聲和愉快的問候聲，潼兒連忙從書房跑了出來，臉色不算很好。

「怎麼了?不是李……王爺有什麼事吧?」差點順口的把李崇禮連名帶姓喊了出口，要是被這些皇宮來的侍衛聽了回去打小報告，她很快就會以不敬皇族的罪名被抓了……

要是誅九族的話，不知道玉皇他們算不算在九族之內呢?

「妳又在想什麼奇怪的主意了?那些新的鍋子是怎麼回事?」見芙蓉明顯走神的樣子，潼兒快手的把人拉過，有什麼事還是關上門說比較好。

把人帶到正苑後方，那個被僭建出來給芙蓉用的小廚房前放了一箱箱新來的廚房用品，還有一部分似乎是和製藥有關的工具，看著這些東西潼兒實在不得不擔心。

上次芙蓉興高采烈的說只要不煉丹光是熬藥，她有不錯的成功率，現在她讓人買來這一大堆東西，不是想要把那不錯的成功率發揚光大吧?想到可能發生的後果，潼兒就覺得恐怖了。

「這幾天給李崇禮熬藥時發現那些藥鍋不太耐用，沒熬幾次就破了，所以只好讓人買新的回來呀！」很滿意的看向那些新購置的東西，那都是芙蓉借李崇禮的名義讓管事幫忙買的，不須名貴物，最重要「耐用」是她唯一的要求。

看來出去採辦這批東西的管事很對芙蓉的心意，買來的東西都是她正想要的，全都是用壞了也不會令人太心痛的一般貨色，既有一定的耐用性，價格亦在合理的水平。

「不耐用？王府的東西要怎樣才會不耐用呀？」潼兒幫忙把東西收到小廚房，因為最近這裡都被芙蓉霸佔使用的關係，他都沒發現原來放食具的架子已經空了，只有一、兩個看起來快要破洞的燉盅放在上面。

「我又沒說謊，潼兒自己去看看那些碎片就知道了。」芙蓉伸手指了指灶邊。那裡有一小堆黑色可疑的東西，雖然真的是碎片，但是也太碎了一點。

「妳到底是怎樣用的呀……」

「我只加了一丁點的三味真火，誰知道那些鍋子這麼不禁燒。」

「三味真火……」潼兒連嘆氣都想省掉了，他覺得連開口去吐糟都會顯得自己太白痴。三味真火的高溫差不多可以把所有東西都燒毀，她以為這些廚房用品是仙界的煉丹爐嗎？芙蓉竟然拿這麼危險的東西混進柴火當中？

「所以我已經自己掏腰包提供了一個仙界入門級的藥鍋，這些新買回來的是當備用的。」

「算了……和妳認真是我笨。」潼兒嘆了口氣，明明是他的年紀比較小，為什麼下凡後好像有種自己比較年長的感覺？或許是他自我感覺良好？但他真的有種自己變成照顧者的角色了。

「潼兒你對我是越來越不客氣了！什麼時候開始你都不喊我一聲芙蓉姐了？你喊我芙蓉姐的聲音真讓人懷念呀！」芙蓉鼓著臉生了一下悶氣，這個小仙童是越來越不把她放在眼裡了，竟然這樣和她說話。

狠狠瞪他，但潼兒就是一臉的無辜，多瞪幾下芙蓉自己都沒勁了，揮拳頭去打棉花是沒用的。

「對了，潼兒有看到塗山回來嗎？」想來已經兩天了，好像都沒有塗山的下落，也不知道那隻狐仙有沒有在外面出了什麼意外，被人製成皮草了。

「有，不過他來去匆匆，好像沒有停留超過半個時辰。」

「哦。」芙蓉點點頭，人還活著就好，不然下次萬一遇上那個叫季芑的被問起的話，她也不知道怎樣回答。「那李崇禮有乖乖休息嗎？」

「喝了妳早上給他的那碗藥後睡到現在還沒醒。」

「嘿！這樣很好。」

「芙蓉妳這樣的反應，妳不是在原本的藥單裡放了什麼可疑的東西吧？」潼兒一臉狐疑的看著芙蓉。雖然熬藥沒有發生可怕的意外事件，但成品是否百分之百安全，潼兒仍是沒有絕對的信心，而且那些藥是用三味真火去熬的吧？一般人喝了是不是真的會沒事？

「我可沒有加什麼奇怪的東西，只不過換了一些成色較好的材料罷了。」

「妳就不怕王爺虛不受補嗎？」

「當然不會了，他會睡覺也是正常，身子那麼虛，讓他睡覺總比撐著精神看書要好。潼兒你忙你的吧！我也要去準備傍晚的藥了。」芙蓉很有自信的笑道。

「那我等會過來幫忙吧。有什麼事芙蓉妳一定要叫我呀！」

「知道了！」芙蓉沒好氣的說。

不只是潼兒覺得自己變成照顧者的角色，連芙蓉也覺得這個平時被她單方面欺負的小仙童，在下凡後的這段時間改變了很多。比起在東華臺時的表現，潼兒的勇氣和獨立性好像提升了不少，回想在她不幸被踢下來之前，潼兒還因為炸爐事件會緊張得要死，甚至雙眼紅紅要哭的樣子，但下凡來後他卻很努力的適應，芙蓉已經很久沒聽過潼兒喊她芙蓉姐、向她求饒了。

回想起來，在東華臺每次煉丹失敗後的潼兒的哀求聲絕跡了，她還真是有點懷念在東華臺的日子，有什麼新鮮的實驗或是丹方她就抓了潼兒一起試，然後一定是潼兒先哀叫阻止她。

現在少了這些畫面，少了些樂趣，讓她有一點點寂寞。不過她也不介意潼兒變得獨當一面，他始終是東華臺仙童中最出色的一個，將來註定是會到紫府工作成為天官的，和她們女仙不同，潼兒的將來會比她更出色。

只要他別變得強勢過她就好了，她還是想要有一個手下來使喚著。

※　※　※

七月十五日大朝那天，李崇禮被皇帝下令送回府中休養後，一道免卻上朝拜見的御旨緊隨而至，李崇禮想上朝給李崇溫做助力的打算無疾而終。不過他人不能出去，李崇溫那邊卻天天不間斷的送書信來，只是芙蓉已經沒興趣去八卦那些文謅謅看似不著題的信又說了些什麼。

孫將軍仍留在京城，暫時沒有旨意讓他回西南駐地，而張淑妃一黨似乎不像之前那樣針對著孫將軍，認為是他害李崇文變成那樣。

朝廷的風向芙蓉就只知道這麼多了，李崇禮沒有多說，她也沒有問，她光是在忙自己的事也沒多少時間用了。

那天在宮裡遇上九天玄女的事，雖然她說會問問仙界的友人們打聽消息，但她並沒有太樂觀的想法。連玉皇身邊的二郎真君也不知道九天玄女在搞什麼，他已經是天宮核心的仙人了，連真君也沒收到消息，其他仙人又怎會知道內幕呢！

兩天過去了，寄出去的信都沒有回音，就算有，也只是和她說不好意思幫不上忙，有關九天玄女的動向完全是石沉大海了。

遇上九天玄女和季芑的事，芙蓉沒有向潼兒提太多，只是簡單的輕輕帶過。事實上芙蓉也沒有多少可以提，難道連自己再次被下了定身法術拖著走、鞋子都磨穿的糗事也要說出來嗎？

如果要說八卦，不外乎是九天玄女竟然女扮男裝一事，不過她直覺說了出來，潼兒的心靈會受到嚴重打擊。

九天玄女化身成的衛大人，芙蓉也略微查過其背景，令她驚訝的是這位衛大人並不是最近憑空蹦出來的，早在大半年前這衛大人已經是御前的紅人。聽到這消息時，芙蓉不敢置信九天玄女竟然已經潛伏了大半年這麼久！

不過，最令她驚訝的不是九天玄女預早的籌謀，而是有關這位衛大人在官場上流傳的緋聞，也就是這次她打聽時聽得最多的。

九天玄女在仙界及凡間都是公認美得不可方物的著名女仙，她美麗之餘亦英氣十足，這樣的美人什麼樣的打扮都能令人心動，那時候芙蓉親眼看到她的男裝打扮時除了遇上對方的驚嚇外，有大半其實是驚豔……

潘安是什麼樣子芙蓉沒見過，但玄女的男裝扮相絕對會把潘安比下去！

玄女和塗山那種妖豔的臉不同，男裝打扮的塗山即使再擺出一個正經的表情，她還是會覺得媚誘過頭。沒辦法，誰叫他是狐仙。

就是因為這漂亮好看的皮相出現在一個御前年輕武官身上，看得眼紅的人便很落力的流傳一些難聽的猜測——衛大人能當上御前的紅人不是用實力而是靠那張臉的。

這種流言比起王府中傳著她和潼兒是李崇禮的新寵更嚴重，只是衛大人是「男」的，皇帝也是男的，這樣傳出來兩邊都傷了面子，牽涉天子那些嘴碎的人也不敢大聲宣揚，但私下的議論更可怕，什麼獵奇的想像都出來了。

芙蓉相信九天玄女應該還不知道自己成了醜聞主角，她大概也不屑去打聽這些八卦，不然要是知道了，她不把有份傳的人先滅了才怪。

現在自己也是知情人士之一，為了自身的安全，芙蓉是絕對不會把那些人在背後說的難聽話轉告給九天玄女知道的，說不定那位李芭也是一樣。雖然他們不是流言的源頭，但說出去被遷怒的可能性實在是太大了。

芙蓉也有一點點報復心理在裡頭。九天玄女突然毫無預警的趕她下凡，有良心的也該給她一點準備的時間，要芙蓉沒怨言是不可能的，新仇加上舊恨，只是把流言裝作沒聽過來報復已經是很小兒科了。

撇開女扮男裝的九天玄女，知道了季芑是塗山的朋友，芙蓉也很好奇他們是怎樣認識的，只是這陣子塗山很少回來，回來了也大多像上次那樣一臉的疲憊，睡醒了又跑了出去，芙蓉或是潼兒也沒機會抓住他問問近況。

只是從他回來時的狀態看，他在外面說不定不只是四處奔波，有時候他的衣服是破著大洞回來，有時候卻是像被燒壞了，這些損壞不是用跌倒勾破可以掩飾過去的。

千年狐仙走路會跌倒的話，也算是奇景了。

少了塗山的王府生活，令芙蓉因為少了個人拌嘴而感到有點悶，九天玄女發了話警告她要待在府裡別亂外出，皇帝也發了御旨要李崇禮養病，加上王府有地府秦廣王和轉輪王布的法術，又有宮內的侍衛看守得滴水不漏，從凡界和仙妖界來的威脅可說被降至最低，她現在除了接手熬藥給李崇禮補身外，沒其他事可做了。

李崇禮對她是寬容到不得了，基本她想做什麼他都沒有反對，連她在正苑擴大小廚房的規模，他也是笑著點頭同意的。
她待在這裡美其名是工作，要協助李崇禮渡過一劫，但除了那一、兩次比較驚險的情況外，芙蓉覺得自己像是來度假似的。她是吃素的，其實她不吃飯也可以，但是每餐李崇禮都吩咐廚房要有一半是素菜，方便她和潼兒一起吃。她的優渥生活只是把地點從仙界搬到凡間而已，表面上好像沒有什麼改變，但是芙蓉卻覺得有點不一樣。
可是她說不上來。
她有點懷念在仙界的日子。她問過自己這兩邊有什麼不同，又把過去自己在仙界的生活對比現在──小時候在天尊那裡像小公主般的日子，接著在天宮被玉皇寵著也是公主般的生活，在崑崙她有西王母疼，雖然在女仙堆中她不是過得最舒心的，但王母對她的確很不錯。
在這三個地方她都有很多愉快的回憶，因為闖禍還有其他原因搬了這麼多次，唯獨一個地方，現在突然離開讓她有不捨的感覺。
問題好像出在蓬萊仙島。
或許是因為待的時間還不夠，覺得自己在那裡應該還可以做很多事吧?所以有遺憾?
原來這種怪怪的感覺是遺憾的一種──芙蓉很快就認同自己這個結論。至於真正令她感到奇怪的原因，她就沒有再深究了。

芙蓉剛來王府的時候，李崇禮身體還好，閒時可以陪她下棋打發時間，只是那個叫姬英的妖氣真的很毒，芙蓉事後給李崇禮灌了不少好東西，他身體卻沒有快速好轉，還需要時間靜靜養著。雖然聚靈陣用在凡人身上不太好，但現在也顧不了這麼多，先讓李崇禮儘快恢復健康比較重要，是不是史上第一個靈媒皇族相比之下變得不太重要了。

但即使芙蓉擺了聚靈陣，李崇禮的復原速度也不見得快上多少，芙蓉只能得出一個調養是急不來的結論。

說不定李崇禮那一劫，就是要她在旁邊熬藥來打救的。加上之前塗山叫她自己想想該做的是什麼，而現在李崇禮不能外出，她也只有乖乖的安心弄她的東西。

熬湯藥，弄些有益的點心，看著宮裡來的御醫早午晚按三餐時間來請脈問診，空閒時研究一下自己的個人興趣還有種東西，日子變得很有規律；加上因為李崇禮睡得早，所以芙蓉和潼兒也可以早早去休息。

李崇禮現在連唯一的妻子都沒有了，府中又沒有任何妾室，一整個王府的下人就只服侍他一個，他睡下了就變成大家的休息時間。

丫頭們住的房間一向都很熱鬧，不過因為每天都得早起，一到了睡覺的時辰，大通鋪中的笑聲或是少女們的牢騷很快會變成規律的呼吸聲。所有人都會爭取時間睡覺，免得第二天沒精神。

芙蓉和潼兒兩個其實可以不用睡覺，但入鄉隨俗，沒特別事情要做時，芙蓉和潼兒也會在他們霸佔的角落休息一下。

先來後到，床位的安排也早早定下，越早來的睡越裡面，所以新加入王府的他們睡比較外面的位置。床位靠近門，別人出入房間他們都較會被騷擾到，算是新人必經之路了。

閉上眼，耳邊聽著其他丫頭們梳洗後回來的開門聲，抱怨隔壁床位手腳伸得太出等等，芙蓉把這些都當成催眠曲，一邊聽，一邊將自己置身其中的事件進行睡前思考，例行的以她所知不多的零碎訊息推測整件事的過程。每次一閉上眼問題就冒出來……

塗山為什麼對李崇禮母子這麼好？

那個叫姬英的女妖是什麼時候認識塗山的？季芑一樣認識她嗎？

九天玄女到底在做什麼？

星軌變了，到底是怎樣變了？

這一堆問題芙蓉越想越煩，輾轉反側睡得不穩，平時她想沒幾下就能睡著，但今天她越想就越精神，一定是白天沒做什麼消耗體力的事情，所以晚上也沒有累的感覺。

翻來覆去了好一陣子，忍無可忍之下芙蓉睜開眼決定不睡了！本想小心不吵醒睡在她隔壁床鋪的潼兒，但才一轉身，發現身邊的床鋪是動過但現在卻空無一人。芙蓉不禁愣了一下，平時她睡不著的時候睜開眼一定是看到潼兒睡得像隻死豬般的睡顏，從沒試過人不見了的。

芙蓉說不出為什麼會覺得事情不妥，潼兒可以是剛好跑去上茅廁，不一定是發生了什麼事，但她就是無法壓抑這想法，直覺告訴她不對勁。坐在床上等了一刻鐘，如果潼兒真的只是去茅廁的話也該回來了，芙蓉在越想越不對勁下決定坐言起行，抓過一件小褂披上就穿著單衣走了出去。

仙童的仙氣有點弱，但在王府這群凡人中仍舊如明燈般容易發覺。

順著氣息走過去，芙蓉發現潼兒躲在正苑花園的樹叢後，鬼鬼祟祟的在樹叢後冒出了少許頭頂，芙蓉記得潼兒的隱身術不太在行，但他躲得這樣差勁竟然沒被守在正苑內的侍衛發現？

芙蓉自問換了是自己，不用隱身術絕對避不開這十步一崗的侍衛呀！

仗著法術的便利，芙蓉大搖大擺的穿過空蕩蕩沒遮沒擋的花園，她還記得要把腳下的聲音放得最輕，當她無聲無息接近潼兒所在的位置時，本想大喊一聲嚇潼兒一跳，但看到潼兒此刻在做的事情時，芙蓉愣住了……不但動作硬生生的停住，連表情都變得驚恐萬分！

二
臉紅紅夜會東王公！

過了月圓的十五，月亮掛在天空，光線仍然明亮，加上除了寢樓外，王府內的走道都有點著燈，芙蓉靠著這些光線把一切都看得很清楚。

同樣穿著單衣的潼兒蹲在樹叢後方，雖然用蹲的姿態有點不好看，但出奇的令人覺得他蹲得很恭敬，還有一種如果不是怕跪下去會弄髒單衣的話，他肯定早已經五體投地拜伏下去的態勢。

芙蓉手臂上的雞皮疙瘩一下子冒了出來，潼兒的態度和她的危機感告訴她不要再好奇了，千萬不要腦殘去好奇潼兒到底在幹什麼，很大可能……應該是絕對可能會因為一時的好奇而吃不完兜著走的！

可是俗語說好奇心會害死貓，這道理用在女仙身上一樣行得通，在潛意識大聲吶喊不要好奇時，芙蓉的腳已經邁出一大步，站到剛好可以看到一切的角度。

現在潼兒的表情芙蓉看過，這是他在東華臺當班時最常見的神情，只要潼兒擺出這樣的臉，那他面前是什麼人已經是不用猜了。

認真、微微的畏懼、無限的尊敬，連東嶽帝君在面前，潼兒也沒有做出以上三點，除了潼兒明正言順的主子。

而這面鏡子芙蓉也有印象。她曾在天尊那裡看到一堆這樣的鏡子被東之高閣，當時天尊說是很久以前和蚩尤打仗時用過的傳訊寶貝，仗打完後變得多餘便回收存倉了。

當時看到這東西好像滿有趣的，芙蓉曾央求天尊送一個給她玩，她也如願以償拿到手。但之後因為有了這個方便的東西，三位天尊就三不五時用銅鏡呼喚她，一天不下十幾次，一時問她吃飯了沒，一時又因為無聊找她聊天，不用十天芙蓉已經被煩到不行，就算是仙界寶貝她也敬謝不敏的打包退了回去。

想不到現在竟然會在凡間看得到，而且持有者是潼兒？

潼兒到底是在和什麼人通訊已經是不用問都知道的了。但為什麼要這麼鬼祟的在大半夜跑出來躲在樹叢中這樣做？還有，這到底是他們第幾次通訊了？

不過芙蓉最在意的是，潼兒到底告訴對方多少事情？

她最擔心的問題只有這個，以潼兒認真的個性，他大概會把自己認為重要的、事無大小都會鉅細靡遺的報告，其詳細程度恐怕只差沒把早午晚三餐吃了什麼和上了幾次茅廁都報告出來罷了。

越想越不妙，芙蓉不自覺的退後了一步，右手撩起裙襬、左手摀住自己的嘴，打算原路無聲的撤退，可惜她剛才腦殘的那一步早已曝露了她的存在。

可以的話，芙蓉覺得自己不要和對方打照面比較好，見了面她也不知道說什麼。

潼兒前方約一臂距離的半空懸浮著一面銅鏡，大概有三指寬的赤銅色鏡框上有著唐草和鳥獸刻紋，而那大約一掌寬泛黃的鏡身，反映的不是潼兒的臉或是天上的月亮，而是一個不應該此時此刻、並在月夜才出現的人物。那微微發光的鏡面映出一個芙蓉很眼熟的人影，鏡面的範圍有限，只看得見對方的上半身，但那人的外表特徵已經足夠別人從遠距離認出他。

雪色長髮，九色雲袍和錦冠，還有那張相似現在天天也見得到的臉。

突然間看到原裝正版，芙蓉覺得有種奇怪的違和感。

原本一直聽著潼兒報告的東王公，突然他一雙紫藍色眼睛從潼兒身上移了開去，落在正打算逃走的芙蓉身上，微得不可察覺的笑意加深了一點。

東王公沒有出聲，只是讓他喜愛的惡作劇再次上演，等著潼兒察覺不對勁轉頭去看。

潼兒說著說著發現東王公看著別的地方，他很自然的跟著看過去，剛好在芙蓉準備轉身逃走的一刻叫住了她：「芙蓉？」

「哈哈？今晚月色真好！正是賞月的好時機。這麼巧呀！不打擾了潼兒你慢慢來！」來不及逃走，芙蓉只好硬著頭皮轉身和潼兒打哈哈，心裡還存著一絲希望不用和東王公打照面。

他們主從最好是在交換祕密，而且是不得讓外人知道的那種，最好就是她被發現前，東王公和潼兒正好聊夠了要切斷聯絡……

她的想像很完美，但想像終歸是空想，世事又怎會如此順心順意？

聽著芙蓉的爛藉口，潼兒滿臉尷尬的看著她，他尷尬的原因一部分是因為半夜溜出來被抓包了，另一部分則是為了芙蓉的藉口。

多麼的爛！爛得他作為認識她的人都覺得丟臉了。

眼前兩個小的滿臉尷尬，但鏡中的東王公卻像是心情不錯的笑著。

芙蓉小心翼翼的偷看了一眼，然後心底冒出了濃濃的不安。才一段短時間沒見，她覺得東王公現在的笑容好像比以前深了幾分？為什麼他現在表現得這麼愉快似的？

不過她也一陣子沒見過東王公了，雖然這次見得沒有準備，但心裡卻是有點開心，比起見到二郎真君或是九天玄女，她感到心情更愉快。

「芙蓉找藉口的創意好像有點退步了。」

鏡中好像響起一聲有點低沉的輕笑聲，東王公的笑容潼兒和芙蓉見多了，但笑聲好像很少聽到，他們兩個一下子像是狀況外般呆著，但是芙蓉下一秒臉都紅透了。

「小仙芙蓉見過東王公，請恕小仙剛才失禮了。」

硬著頭皮見了禮，芙蓉不自在的理了理身上其實見不了人的衣裝，如此深夜時分，一身單衣加上短褂的打扮出現在潼兒面前勉強說得過去，好歹潼兒還是個孩子，加上他的女裝丫頭打扮也令芙蓉有時候會忘了其實潼兒是個男孩的事實。

和潼兒打打鬧鬧慣了，芙蓉在他面前羞恥指數一向都是較低的，但面對一位成年男子就大不同了，即使是大剌剌的芙蓉也是會害羞的。

看她現在坐也不是站也不是，一個勁的想轉過身把背脊面向鏡子的狀況就知道她覺得很恥。

芙蓉的異狀在潼兒看來是覺得有點奇怪，但現在不是詢問的好時機，他疑惑的打量一下芙蓉，心想鏡中的是東王公又不是東嶽帝君，以前芙蓉炸了東華臺一角見了東王公也沒像現在這樣，怎麼下凡了反而變奇怪了?活像吃壞了東西想上茅廁又不好意思開口似的……

喔！原來是這樣！

潼兒「哦！」了一聲，自行把芙蓉的反應理解出一個答案，然後了然又同情的看向芙蓉。女孩兒家在東王公面前說想上茅廁的確很難開口的。

東王公沒立即回話，帶著笑意的眼睛像是很欣賞似的看著芙蓉不自在的樣子。而芙蓉看到潼兒了然的表情不禁尷尬又多了幾分，如果不是東王公在場，她應該已經惱羞成怒撲過去教訓他了。

「免禮。妳是什麼個性我早已知道，妳這麼拘禮生分我反而不習慣了。」

「哪有呢！哈哈……東王公你說笑了。」芙蓉先瞪了潼兒一眼警告他別搭話，現在她已經夠尷尬了，再讓他在東王公面前碎嘴她就更加無地自容了。

除了因為現在自己身上的打扮不合時宜外，芙蓉還因為別的事情不敢正眼看向東王公。單衣之下，緊貼著皮膚的那片微溫的東陽藍石佩飾，她到底要不要問問原物主為什麼要讓東嶽帝君特地帶給她，還交代她要隨身戴著不准離身？如果現在問他，東王公會說嗎？

感覺東王公一定會顧左右而言他……他只會微微笑著，不會直接回答她的問題。

「記得妳下凡前那一年第八十六次炸掉我東華臺偏殿的屋頂時，也沒有像現在這般神色慌張。到底是什麼事令妳擺出這樣的表情呢？」

「沒有啦！我哪有慌張？」芙蓉嘟了嘟嘴，嘴硬說沒有，但語氣卻又比剛才心虛了幾分。手不自在的拉了拉衣襟，芙蓉也有點在意東王公竟然記得那麼清楚……原來他真的有在數！

「罷了。以為一段時間沒見，芙蓉會高興一點的。」

「這個嘛……」

「不過在東華臺的時候妳也不是和我太親近，這樣也是正常。」

東王公故意這樣說，配上他嘴邊淡淡的微笑但刻意營造的落寞眼神，芙蓉有一刻差點上當。

「東王公這麼久沒見，個性好像變得惡劣了一點？」發現東王公是裝的，芙蓉不禁惱了，她真的有幾秒覺得是自己不對，誰知道東王公竟然是在耍她！

「是嗎？」

東王公的聲音聽起來似乎有點高興，這讓芙蓉更加摸不著頭腦，這樣說他，他應該給點生氣或是惱羞成怒的反應才對吧？她沒有接著東王公的問話回答，畢竟若真的給了個正面的答案，誰知道東王公會不會記在心裡，回頭在她那帳本中悄悄加了幾頁！

「本以為妳下凡這麼久，事情不順利會心情鬱悶，玉皇可擔心極了，所以我才想說說笑，不過看來沒什麼效果。」

「東王公像平時那樣就好了，千萬千萬不要突然變了性子，小仙心臟其實不太好，禁不得嚇的呀！」芙蓉呼了口氣，心想要是東王公性子變得像玉皇那樣，又或是變成東嶽帝君那樣，對她來說都不是好事。

玉皇對她是很寵溺，差不多什麼都由得她的，如果套用凡間的形象去形容，玉皇是位「慈母」，而她怕得要死的東嶽帝君不用說，行事作風或是芙蓉過去的親身經歷都反映著帝君是位極品

「嚴父」，這兩個種類她都不想再增加數量了。

東王公像東王公那樣就好，要是他變得和其他人一樣了，她會覺得很可惜的。

至於可惜什麼她說不出來，只是有這樣的感覺。

「我聽說了妳敢跟東嶽帝君爭取讓他出手幫那位五殿下，看來妳的心臟應該還很健康。」對話仍是持續，但是提起李崇禮的存在時，東王公的嘴角別有含意的笑了一下，但是芙蓉和潼兒卻沒有察覺。

芙蓉大吃一驚，那次她是吃了熊心豹子膽般的跟帝君開口要求，事後她也得到了大大的教訓，被訓了差不多一個時辰，完全是偷雞不著蝕把米了。

「東王公你怎麼會知道的！是東嶽帝君說的嗎？」

「誰說的重要嗎？」

「重要！如果是帝君的話我就不能尋仇了，要是別人的話……」芙蓉說到尾時看向潼兒，目露凶光的瞪得潼兒不禁打了個寒顫。

「別為難潼兒了。我讓他下凡，自然就得讓他把該說的都說出來。」

「果然是潼兒你呀！」芙蓉咬牙切齒的瞪了潼兒一眼，大有等會秋後算帳的意味。

「那天的事不說不行呀……」潼兒下意識抱著頭，可憐兮兮的，他知道芙蓉九成會順手敲爆他的頭。

芙蓉鼓著腮還在生悶氣，自己被東嶽帝君用定身術定著說教這麼糗的事，她本來以為只有天知地知，還有帝君和她本人加上潼兒知道，轉輪王和秦廣王兩人不敢議論東嶽帝君，二郎真君不是嘴碎的人，就算他多嘴，說的對象也是玉皇不會是東王公呀！

再說他們就算知道她被東嶽帝君教訓，但沒看到實際情況的嘛！本來她可以不用丟這個臉的！

潼兒這個吃裡扒外的東西！芙蓉氣得在心裡大喊。

因為丟臉怒上心頭，她都忘記了潼兒自始至終都是東華臺的人，報告給東王公知道根本就不算吃裡扒外。

「潼兒，把我之前給你的東西拿出來。」東王公當作沒看到芙蓉對潼兒做出的威嚇，這點小事要是他插手，芙蓉生的氣一定更大，小輩的事讓小輩自己處理就好。

「什麼東西？」聽到潼兒身上有東王公給的東西，好奇心驅使下芙蓉也暫時忘了衣裝上的尷尬，興致十足的湊到潼兒身邊去，等著他把東西拿出來。

既然潼兒連這麼大的一面鏡子都能藏起來了，他身上一定和她一樣有個萬用袋子，說不定除了傳訊鏡外，還有其他不錯的東西呢！敢把她出賣掉，不打劫一些好處她這口氣嚥不下！

潼兒在單衣下摸出一個小布袋，在裡面掏出一個只有掌心般大小的錦囊。

「是那種在危急關頭拿出來的救命錦囊嗎？」芙蓉看向這個在刺繡的功夫和外型都沒有特殊之處的錦囊不禁有點失望，還以為東王公給潼兒帶著的東西會是什麼難得一看的寶貝，誰知道竟然是一只錦囊？

有事拿錦囊出來救命的年代不是已經過了嗎？

芙蓉一臉鄙夷的看向那東西，好奇心被打擊了一大半。

「看不出來嗎？」鏡中的東王公輕輕笑了。

隨著他的動作，雪色的長髮在九色雲袍上滑過，柔順得像絲線般的雪白長髮從肩上滑下垂到胸前，看得芙蓉都呆了。她竟然有衝動想去摸摸東王公的頭髮是什麼觸感，光是看已經覺得比李崇禮的要柔順軟滑好幾倍。李崇禮的頭髮也很滑，但因為顏色的關係，視覺上就沒有雪白色的柔軟和輕飄飄了。

不想還好，芙蓉很快就想到令她咯咯笑出聲的事情來。

東王公好像李崇禮的脫色版？

她忍不住的一直笑，讓潼兒把她當作神經病發作般，連忙伸手在她的面前揮了揮，把她已經飄到九重天外的思緒拉了回來。

「咳咳……」回過神看到望著自己的兩雙眼睛，芙蓉使出厚臉皮的功夫咳了兩聲輕輕帶過，活像她剛才完全沒有走神似的。「東王公拿出這麼老套的東西，感覺怪怪的。」

「芙蓉！」潼兒大吃一驚趕緊撲去堵住芙蓉的嘴，就算真的覺得救命錦囊老套也不要當面說呀！

「我也承認是有點老套。」難得東王公點頭同意了。「玉皇碎碎唸了很久，說派人來之餘也得有幾手準備。好歹把妳送下凡是頂著罰妳的名頭，拿太好的東西幫妳也說不過去，不過芙蓉妳的感想我會和玉皇說的。」

「不要！千萬不要跟玉皇說我嫌老套！」芙蓉慌忙阻止，整個人差點就撲到東王公所在的鏡子上了。要是嫌老套的話傳到玉皇那裡，那位高高在上者一定會用一臉哀怨的表情看著她，煩她煩得要死。

「東王公你行行好，把剛才聽到的感想忘記好嗎？我現在覺得這救命錦囊既簡單又帥得天上有地下無呀！」大眼睛眨了眨，在月光下竟然還能發出閃閃的星光，芙蓉輕輕的嘟著嘴裝可愛，這一招她面對玉皇或是其他男仙人大都可以過關——雖然她自己也覺得有點噁，但為求目的只能不擇手段了。

看著芙蓉這麼刻意的討好，東王公忍不住笑彎了眼，手伸到下巴輕輕托著，像是在沉思什麼重大事情似的。「我考慮看看。」

「不要啦！」聽到東王公不肯定的答案，她真的緊張了。雖然知道東王公不會這麼無聊跑去找玉皇就是說這麼簡單的事，但芙蓉還是撒了一下嬌，好像不這樣做東王公就不買她的帳了。

「潼兒。」東王公還是不理會芙蓉，由得她在鏡子前窮焦急，喚了潼兒上前，指了指潼兒拿在手上的錦囊。「這個東西你讓五殿下帶在身上，不能離身。」

「這是什麼呀？」雖然被無視了，但芙蓉還是擠到潼兒身邊，還伸手想要摸摸那個救命錦囊。

「芙蓉妳別多手呀！」潼兒擋著芙蓉的手，誓死不讓芙蓉拿到手上的東西，他知道被芙蓉得手就不用想完整拿回來了。

「有什麼事發生的話，可以保五殿下絕對不死，不過芙蓉不能碰，萬一毀了就壞事了。」

「東王公你把我說得像是有怪力的女力士似的。只是摸一下會壞嗎？」伸出的手收了回來，芙蓉不滿的嘟了嘟嘴。

或許隔著一面傳訊鏡不是真正的面對面，她的膽子跟著大了一點，芙蓉竟然大膽到用不滿的視線瞟了東王公一眼。

芙蓉肯定東王公看到她的大不敬行為，但他竟然完全沒有發作，視線對上他只是笑了笑。

「妳想拿五殿下的安危開玩笑的話就請隨意。」東王公做了個請便的手勢，不過他的話卻已經把芙蓉的動作堵住。

「哪有可能拿他的命開玩笑！」芙蓉認輸，看著東王公把潼兒遣了下去。

明明是大半夜，李崇禮早就睡死了，這個時間要怎樣把錦囊交給他呀？

潼兒走開了，剩下芙蓉一個人對著鏡中的東王公，一時之間找不到什麼共同話題，而東王公又是靜靜的不出聲，除了樹上一、兩隻白天漏了黏走的夏蟬在叫著外，再也沒有其他聲響。

時間好像回到芙蓉初到東華臺的時候，那時潼兒還沒有被派到芙蓉身邊，剛到了陌生地方的芙蓉也還沒到處肆虐，那時候她大多待在東王公身邊，努力摸索著這位東華臺主人的脾性。那時也像現在這樣兩人大部分時間都沒出聲，不過結果一定是芙蓉先忍不住開了口，然後嘴就像關不起來似的自己不停在找話題，又或是找東王公下棋，自己被殺個片甲不留。

想必現在也是同樣的狀況，芙蓉絞盡腦汁的想，考慮著要說點什麼才好。誰知道她還沒有頭緒，這次卻是東王公先開口了。

「妳好像很在意他似的？」

東王公的聲線語調和平日沒有兩樣，只是芙蓉被他先打開話題而愣住，沒有留意到平常總掛在嘴邊的微笑沒有了。

雖沒有把臉板起來，但笑意卻有一刻不見了。

「嗯？在意？我嗎？」芙蓉對這問題感到不解，她疑惑的看向東王公，好像不明白為什麼他會問這樣的問題。「他是我的工作對象呀，在意不是應該的嗎？」

芙蓉這個回應讓東王公一陣失笑，想要在她身上找到一般正常女性會有的反應太難了。即使找遍整個崑崙，除了九天玄女這類凶猛的高階女仙外，一般的小女仙大概都會先紅個臉，然後靦腆的反駁或是扭捏的低頭默認。

即使本人沒有和話題中的異性有什麼瓜葛，這樣的反應也是十分正常的。但偏偏芙蓉沒有相關的跡象，而且還百分之百光明磊落的說因為他是自己的工作對象。

東王公這一笑多了幾分安心的感覺，其實他也不太希望看到芙蓉因為別人在他面前臉紅。

「聽說他長得很像我？」

「是呀！的確是滿像的，如果東王公和李崇禮站在一起一定很像兄弟，比東嶽帝君像多了！」芙蓉大力的點了點頭，又因為看到了自己剛才說東王公像是李崇禮的脫色版，不由得又笑了。

「這話若被帝君聽到，芙蓉妳就要小心了。」被芙蓉的笑感染到，微笑重新回到東王公的嘴角，想到在水池看到的李崇禮，連東王公也不能否認他們真的很像。

「我知道東王公你不會說給帝君知道的，你也不想看到我被帝君宰了吧！」聽到東嶽帝君的名字，芙蓉心驚的心跳快了一拍，不過隨即又沒事了。別的人不敢說，但她知道東王公絕不會多嘴。第一次東嶽帝君抓住她教訓的時候，帝君就已經警告過她，要她別以為東王公不說他就什麼都不知道，所以芙蓉可以肯定的說，東王公從沒有跟東嶽帝君說過她的壞話。

「是不想。但同樣我也不想看到妳受傷。潼兒說了，妳的傷還沒全好？」

「潼兒就是多嘴，就說我的手沒事了嘛！」嘴硬不認，只要自己咬著說沒事就是沒事了。

「受了傷是事實，潼兒是該說的。」

「真的是小事嘛！」

「妳自己一個在凡間，凡事都應該小心一點。」

「我知道，東王公你想說很多人會擔心嘛！」芙蓉撇了撇嘴，好像這話有多不中聽似的。

「我沒興趣理會其他人。」東王公淡淡的說著，「最起碼跟在妳身邊的潼兒就很擔心，他是真的在擔心妳的傷勢。」

「我會沒事的。」

芙蓉還是聽不入耳，東王公也不再說下去，說教的角色留給東嶽帝君來做就足夠了。而且他知道為什麼芙蓉不喜歡剛才那些話，在仙界萬千寵愛的她也是有不想被人提及的事。

雖然大部分天仙都沒有明確的父母，不過他們都會有一個清晰的歸屬，女的歸崑崙，男的歸蓬萊，成長了之後或許會離開這兩個地方，有自己的洞府或是在天宮有一職位，但說到尾他們都在崑崙和蓬萊有根本的存在。

不過，芙蓉不是。

芙蓉自有認知的時候就知道自己雖是女仙但不屬於崑崙，一開始她跟著天尊們住，幾乎什麼地方都住過。

可是她沒有歸屬感。即使仙界的巨頭們對她再好、再寵，她還是沒有生出多少歸屬感來。

東王公記得以前和東嶽帝君聊到芙蓉的事，東嶽帝君說芙蓉雖然被眾人寵愛，事實上她卻是個

「人球」。帝君說得雖然不好聽，但卻是事實。

「總之，最起碼別讓潼兒太擔心妳。弄哭他了，妳會變成東華臺的公敵。」

「欸？這麼嚴重？」

「難道妳不知道潼兒是整個東華臺仙童的偶像嗎？」

「怎麼可能！」芙蓉不信潼兒能做仙童們的偶像，那能使喚潼兒的她不就很厲害了？但她不覺得呀！

「仙童們一致認為潼兒是犧牲小我、完成大我的人。」

「得了。我知道你想說什麼了。」芙蓉撇了撇嘴，東王公下一句是什麼她已經猜到了，不外乎是說潼兒被指派跟著她一事讓仙童們崇拜到極點。

鬱悶呀！她就這麼可怕嗎？她何德何能令那些小不點仙童們把她視為可怕極惡的存在了？

人總是會下意識的保護自己，芙蓉也一樣，這個時候她完全沒有回首自己引發過的輝煌事跡，完全覺得自己只是一個平凡又人畜無害的女仙。

「我也知道潼兒將來一定是個能幹的天官。」

「那也要妳平日多提點他。」

「東王公就別說這些客氣話了，很假。」芙蓉眨了眨大眼睛，似乎很意外東王公這副態度。

「是嗎？」

「呵呵～看在東王公連這麼假的話都願意說出口的分上，我就幫你好好看著潼兒啦！不過要有一點點的代價哦！」

「哦！妳說來看看？」東王公不禁失笑，竟然這樣也能被開口要代價了。

「我的要求對東王公來說一定是舉手之勞。」

「不需誇我，妳不先說出來，我是不會沖昏頭腦連要求是什麼都不聽就答應的。」

芙蓉吃吃笑了笑，心中打的如意算盤壞了一角。這一招明明對玉皇很有用，簡直是萬試萬靈，哪知道對上東王公這招連發揮功夫的機會都沒有，她只打了一句馬屁就被宣布失敗了。

「說來聽聽。」

「東華臺的紫府裡掌管著仙界所有男仙的仙籍對吧？」

「所以？」東王公一本正經的反問，事關他主理的公事，即使是芙蓉開口也得要公事公辦。

「東王公一定知道季芑的？」

「妳是想從我這裡打聽出季芑和塗山的事？」

「塗山已經幾天沒回來了，回來了也沒待多久又出去，我實在抓不到他問呀！」芙蓉一臉洩氣，這幾天一直抓不到塗山，她差點覺得自己要抓狂了。

東王公先是頓了頓考慮一會兒，隨即搖了搖頭。「這件事我不能回答妳。雖然我是知道他們的事，但這件事我認為還是需要他們親口說。」

說到這件事，他表情嚴肅了一點，單是看表情也足夠讓芙蓉知道此事不容再議了，就算耍賴都是沒用的。面對東王公，芙蓉的耍賴絕技是徹底無效。

「唉……」雖然原本就抱著僥倖的心態問問看，但得到負面結果芙蓉還是有一點點洩氣。要等塗山回來把他和季芑的事說出來，不知道要等到何年何月了，他出去找那個叫姬英的女妖就像是大海撈針一樣，即使對方同在京城，她要躲自然有辦法不讓人找到她。

說不定去找定海神針還比較容易一點。聽說水晶宮現在還在爭吵定海神針的歸屬問題。

「他們的事不該用八卦好奇的心態去聽，聽了不會讓妳有滿足好奇心的快感，知道了所有事也不見得會快樂。而且對當事人來說，或許他們不希望被更多的第三者知道。」

「你這樣說，感覺他們的事好像不是什麼好事似的。」

越聽芙蓉的眉頭就越皺，東王公不喜歡加油添醋，連他都這樣說了，塗山和季芑之間肯定發生過什麼不愉快的事情。他們兩個都是千年老妖怪，什麼事可以連時間都沖淡不了？

「的確算不上是什麼好事。妳還堅持要從我這裡聽嗎？」

「不了，既然連東王公都這樣說，我還是會分輕重的啦！」芙蓉聳了聳肩，大大的嘆了口氣。

「輕重妳很會分，所以長久下來妳的惡作劇都只是玩笑的程度。」東王公淡淡的說著。

芙蓉看著東王公，表情異常的認真。

兩雙眼睛對視著，最後還是芙蓉的先移開了。

她在想什麼東王公只需看她的眼睛就可以猜出來，他不點破芙蓉說謊的技巧其實很差，現在她一雙大眼轉了轉，百分之百是被說中了的樣子，而且應該還在想什麼破主意來否認他的話。

如果芙蓉有心要闖大禍，天宮、崑崙、東華臺有的是更重要的地方給她炸，她也有能力把仙界弄得雞飛狗跳，但她沒有；雖然破壞力驚人，可她長久以來建立的「豐功偉業」也只局限在毀壞塌了也不死人的建築物，還有一些也算是消耗品的天材地寶。真真正正的大禍，她一次也沒有闖過。

「我不明白東王公在說什麼。」聳了聳肩，芙蓉雙手扠著腰偏著頭，用最差的方法在裝傻。

「我說我的，妳做妳的，無所謂。」芙蓉不笨，東王公也不蠢，既然她不想說下去，東王公也很識趣的打住，反正芙蓉的惡作劇對他來說從來都是無傷大雅，而因為這些惡作劇讓她來到東華臺，東王公反而有點感謝。

要不是天宮和崑崙因為這些惡作劇趕人，滿是男仙的東華臺怎可能接一個女仙來住？

「嗯嗯，這樣最好呀！」芙蓉點點頭，扠著腰的動作不變，她只顧著閉起眼裝作一副瞭解高明的樣子在點頭，沒看到東王公突然轉過身，視線轉向了看不到她的方向。

待芙蓉睜眼看到鏡子中像是面壁般的東王公時，她也沒笨到反射性的就去問對方原因，而是先看看自己這邊有什麼令對方不得不跑去面壁的東西。要知道，東王公一向是有名的泰山崩於前而色不變的。

看看四周，王府正苑仍是黑漆漆的一片，遠遠的看到李崇禮的寢樓前有侍衛徹夜把守。

沒什麼特別呀！芙蓉這樣想的時候把視線從遠處收回，夏夜的夜風正好吹起，讓她感覺一陣難得的清涼。舒心的感受著晚風，芙蓉突然一驚，臉色猛地刷白然後轉紅，而且紅得比鮮血還要紅。

她記得單衣之外還穿了件短袍，照理有風的話應該也只會覺得熱，為什麼她卻覺得涼涼的？

一聲驚天動地的淒厲尖叫在半夜響起，一陣強風吹過，正苑的花園中只剩下一面沒人理的鏡子。

鏡中的人慢慢勾起一道滿足的笑容。

三
輸給帝君氣勢的貴客？

樓臺的四方垂著竹簾，竹片上面鋪了一點點清晨的霧氣，薄薄水氣在晨曦下像是泛起一點點的銀光似的，但很快這片光芒也會被真正的晨光掩蓋。

仙界的早晨並不是從完全漆黑的夜晚開始，本來仙界就沒有完全的黑夜，太陽下山以後天空中仍有一片片帶著亮光的雲彩，也有漫天的星空，半夜在這片美景下，備下仙界有名的玉液瓊漿更是別有一番風味。

不過樓臺中的桌上備著的卻是一盞清茶，淡綠色透明的茶水靜靜的在茶杯中，一片被泡開了的茶葉輕輕的浮在水面，而旁邊被烤著的清泉水裊裊冒著煙，維持在一個快要煮沸的溫度。

香爐中的薰香很淡，似有若無的香氣圍繞著樓臺的四周。這香味清香，不太濃郁，正好在接近清晨的這個時分點燃，讓人迎來一個精神爽利的清晨。

特別放輕了的腳步聲響起，一個小小的身影小心翼翼踏上樓閣的臺階，當他登上樓臺的上層時，一枚白棋剛好被放在棋盤上，發出清脆的聲音。

「怎麼天還沒亮就過來了？」

白子落在棋盤的右下角，盤上的黑白子看上去數量差不多，有點零碎的分布在棋盤上，剛才的小仙童根本就看不明白盤上黑白雙方到底哪一邊佔著上風、棋子所在的位置有什麼意義。

「東君早安，主殿來了客人。」小仙童恭敬的行了個禮，然後向東華臺的主子問了安，接著把手上捧著的雕花盤子送上前。木盤上是一道書箋，一張押有淡藍色水流紋的信紙放在上面，摺起的信紙面有一個花押簽名。

東王公伸手把信箋拿起但是沒有立即打開看內容，只是微微的笑了一下。

「你去把客人請到這裡來，說我請他喝茶吧！」

「是的，東君。」小仙童領命退下。

樓臺上剩下東王公一人。遙遠的東方已經泛起一片白，天要亮了，晨光照在東王公的雪色長髮上泛起銀光，頭冠配有接近湖水綠混銀絲的流蘇，混在雪色長髮中的銀絲格外顯得閃耀。而冠上那顆東陽藍石流水般的色澤在微微的陽光下映出奇異的光芒，更讓人覺得像水在當中流動一樣。

東華臺上報時的鐘聲響起，象徵蓬萊仙島和紫府新的一天開始。

位於仙界最東方的這裡同時也是仙界最早響起晨鐘的地方。如果是平日，這裡的主事人這個時間也大多已經起床，更衣梳洗過然後四處出沒。今天則有點特別，東王公昨晚一直待在東華臺主殿內，並沒有到寢殿休息，待值夜的小仙童覺得不妥猶豫著要不要叩門查看有沒有其他吩咐，東王公卻無聲的出現了。

不過東王公不是要回去睡覺，而是出了主殿到另一個地方。他在主殿一處面向雲海的閣樓上待了一整晚，閣樓內雖然也有單獨的房間，但那並不是設置來讓人休息的地方，而且除了閣樓的頂層，樓中沒有其他地方有點亮過燈。

值班的仙童們都覺得東王公應該整晚沒睡。

半夜值班的仙童人數不多，大半夜無事可做的他們只能聚在一起，討論著是什麼大事讓東王公一夜無眠，他們的八卦來源也沒有聽到什麼特別的消息，實在毫無頭緒。

才從東王公待著的閣樓下來，小仙童立即被同是值夜的同伴圍了起來，現在距離接班的時辰還早，領班的又有事走不開，他們這群小的難免顯得六神無主，幾個圍在一起沒有人拿主意。

「東君說請客人過去，要請客人喝茶呢！」小仙童回答得輕易，但聽的卻是個個一臉愁容。

「剛才說好的，我已經去過東君那裡了，客人那邊可輪不到我！」

「反正你也挑戰了一個、再挑戰一個不是更好？所謂有一必有二、接二連三、三不離四，不是嗎？還是你去吧！由你去才能完封不動的把東君的話轉告客人。」另一名長得白白胖胖、眼睛總是彎彎的仙童說著，臉上有點狡猾的神色，他的目標當然是讓剛完成任務的仙童再去一次，不然等著抽籤他就有機會中籤了！

想到正在主殿等待著的客人，要是真的抽到自己不就糟糕了？那絕對會是一支下下籤呀！

「想也別想！你們快抽籤！」

「如果潼前輩在就好了，他一定可以臉不改容把事情攬上身的。怎辦？我開始想念潼前輩了！」仙童中的一人發出來自內心的感嘆，要是那位比他們資深的前輩在，剛才貴客到訪時他們就不會這麼手忙腳亂了。

「你一提起潼前輩我就想哭了。他也不知道有沒有命回來東華臺呀！」想起大前輩般存在的潼前輩，這幾個年紀小的還真是紅了眼眶、癟起了嘴，活像想起了什麼悲慘又心酸的往事似的。

「為什麼偏偏是潼前輩呢？」

在場沒有人能回答的問題只有清晨定時的鐘響作回應，同時也提醒他們時間不能再拖下去了。

「潼前輩是為了我們壯烈犧牲的！換了其他人，恐怕早就被那個芙蓉姐姐給弄死了。」

「嗚……」

勉強得出了一個有待商榷的結論，剛才從東王公那邊回來的那個仙童拍了拍手，把所有人的注意力引導到自己身上：「別哭！在我們解決眼前的難關前，我們沒時間追悼潼前輩的。」

完全無視他們話題中的主角仍然在生的事實，這群年紀比潼兒略微小一點的小仙童們看向了那個決定他們命運的抓籤筒。等會誰的名字被抽中那就得自己把皮繃緊，然後到主殿前把東王公的話轉告給客人知道，然後領路的工作說不定也會落在自己頭上。

紙籤被慢慢的從籤筒抽出，在上面的大名將要被公布之際，應該待在客人身邊侍候的領班仙童氣急敗壞的飛奔過來，當他看到這幾個圍在一起不幹活的手下立即無名火起三千丈，心裡下定主意把差事辦妥後要好好的教訓他們！

先是敲了每人頭上一記栗暴，領班仙童把東王公交代的事情問清楚後又是一臉的氣憤，氣自己這班手下不成材，連緩急輕重都不會分，最重要的正事竟然一直耽擱著！雖然他自己也不願意直接面對那位客人，但伸頭是一刀，縮頸也是一刀，既然都是一樣要死，何不死個痛痛快快？

帶著東王公的話回到主殿來客的座前，領班小心的把話轉達然後靜待客人動身。

東王公會邀到主殿樓閣上喝茶聊天的沒多少人，那些大人物的名字在東華臺值班的仙童中早就已經聽得耳熟能詳，只是當中有一些即使知道待慢不得也會因為心理上的抗拒而服侍得不夠周到。

領班仙童嘆了口氣，他何嘗沒有和那些小仙童一樣的想法！為什麼潼前輩會被犧牲掉？

一邊帶著客人往東王公所在的閣樓處去，領班仙童連一聲也不敢吱，連轉頭看看客人有沒有跟好也都掙扎了許久，不過一看就後悔了。

來客那張冰山臉再次成功的讓他打了好大的一個寒顫！那種寒意簡直是從腳底開始直透上頭頂，冷得連牙關都要打顫。

「東君就在最高的樓臺上，請您……」

「退下吧！」客人微微頷首，不用仙童指路其實他也懂得如何走過去，只是他堅持凡事都要有規有矩，既然是拜訪，自然要先向主人家打個招呼，特別是他拜訪的是自己很敬愛的人。

登上樓臺，一層一層的上去，外面雲海的景致越發豁然開朗，從這樓臺上看出去的景色確實令人難以忘懷。東華臺從內到外一組組的殿閣，雲霞圍繞其間，越往上層看得越遠，到了樓閣的最高層，看到的已經是東華臺所有建築的屋頂，還有遠方的一整片雲海。

客人站在樓梯口，讓自己過來喝茶的人仍是專注在棋盤上，但只是看著棋盤，良久盤上卻沒有再增加任何一枚黑子或白子，棋局陷入僵局似的。

「說是請我喝茶，東王公其實是想讓我來看這棋局吧？」

客人的話引來東王公的注意，他只是勾起一個像是早已料到的微笑，那雙眼看著來客也比平時多了幾分笑意。

「帝君你想多了。」東王公擺了擺手示意客人入座，連茶也是他親手泡的。

能有膽選天剛亮這種狀況外的時間拜訪，又有自信東王公會見他的，在仙界中沒有幾人。

在晨光下，東王公的雪色長髮泛起銀色的色澤，而東嶽帝君的白髮卻仍是那樣的白，完全沒有受到光線的影響。他們兩人同坐在一起令人有有種日與夜同時存在感覺，東王公自是白日的太陽，而東嶽帝君就像是幽夜的半月。

要是東嶽帝君聽說自己被人說成是月亮，那張冰山臉也不知道會出現多少裂痕。

「不能怪我想太多。」朝東王公頷首一禮後東嶽帝君才拿起茶杯，嚐了口東王公親手泡的茶。

面對東王公這位仙界巨頭的其中之一，更是自己敬仰的存在，東嶽帝君對外的冷淡現在連一點痕跡也找不到，連他的自稱也從本君變成簡單的一個「我」字，這個「我」字恐怕連玉皇或是西王母也沒有聽過，這是東嶽帝君限定在東王公面前使用的謙稱，看似沒有什麼大不同，但以帝君來說，這已經是十分明顯的特別待遇了。

喝了口茶，出了名沒表情的東嶽帝君難得在嘴角拉出一個愉悅的弧度，語調也帶著一抹喜意。

「東王公泡的茶還是這般的清新爽口。」

「要是別人這樣說我還不一定相信，不過是帝君你的話，卻是絕對不用懷疑會是客套話來著。」再為帝君添了杯茶，東王公像是順手似的把棋盒挪了位置，放到東嶽帝君伸手可及的位置。

「我絕不會對您說謊。」鐵色沒溫度的眼睛緩緩看了眼那個放著白子的棋盒，沒有任何的意見也沒有再看向棋盤。對於東王公的暗示，東嶽帝君像是全部接收不到一樣，他裝傻但東王公卻沒有表示，就像他剛才的動作沒半點含意在裡頭。

「言下之意是帝君會對別人說謊了?這也不好，說謊不是好事。」東王公像是聽了什麼有趣的事般笑了聲，讓原本面無表情的帝君微微攢了眉心。

「東王公讓我把東陽藍玉珮交給芙蓉的事，我一個字也沒說漏嘴。」

「閉口不提和說謊是兩回事！」東王公笑出了聲，接著說：「讓你親自把東西送去真是麻煩你了，但除了帝君，其他人我不放心。」

「二郎真君也知道您讓我把東陽藍石送給芙蓉了，他必定會報告玉皇的。」微微攢了眉心，想到天宮那邊帶給自己的麻煩，東嶽帝君嘴角突然勾起一道冷笑。

「一定會，二郎真君是位盡責的天將，他必定會把看到的事情全數向玉皇報告的。他看到你把玉珮交給芙蓉，那他就會這樣跟玉皇說。」

「不礙事嗎？」東獄帝君接著問道。

「為什麼礙事呢？」

「玉皇不是很疼她嗎？別人送這麼貴重的東西給她，玉皇不可能沒知覺。」

「就是因為玉皇很疼芙蓉，所以現在這個時間點有人送了對她有好處的東西，玉皇才不會在意，他現在要弄清楚九天玄女在做什麼已經頭痛了吧？沒時間理會我為什麼送那樣的東西了。」

「那九天玄女有什麼打算……」

東嶽帝君的話說了一半就自動住嘴沒說下去，東王公的嘴角擒著一道意味深長的笑容，帝君知道這笑容既然出現了那他的問題就不會得到答案，問了也是白問的。再說東王公手邊就放了一面傳訊鏡，想必凡間有什麼消息他也有辦法一早拿到手了。

東王公想了一下，喝了口茶後就像是想當年般開始說了：「我和九天玄女沒什麼交情，當初芙蓉從天尊那裡出來先是到了天宮，再到崑崙，她來東華臺時九天玄女其實是十分反對的。」

「西王母沒表示意見，九天玄女也只是一名仙階高點的女仙而已。」東嶽帝君冷冷的說道。

「所以芙蓉之後來了東華臺。」東王公回想起那時不為人知的爭議感到十分回味，那次從頭到尾他就只說過一、兩句話，倒是九天玄女一開始就搬出很多不同的大道理來，為的就是阻止芙蓉搬

去東華臺。

當時瑤池金殿被炸穿了一個大洞，大部分崑崙女仙也聯署到西王母那裡說怕了芙蓉的破壞力，而大家都知道的九天玄女對芙蓉一向都沒有太好的臉色，加上眾女仙聯署，在崑崙的立場已經沒有反對的理由，所以之後九天玄女跳出來爭辯也不需東王公親自逐點反駁，西王母和玉皇二名曾受害的主事者共同通過了讓那活動爆炸物先搬到東華臺。

大家都被炸過了，東王公這邊也不能冷落，要炸大家一起炸。

芙蓉到了東華臺之後，九天玄女倒是沒有來探望過，九天玄女之前為了留下芙蓉的爭辯，好像幻覺一樣。或許是九天玄女察覺到了什麼才想要把芙蓉留在崑崙吧！但現在東王公可不想把人讓回去。即使九天玄女這次策動部分仙人們促成了芙蓉下凡還債的事，但將來芙蓉回來也不一定會回去崑崙，對此東王公信心十足。

芙蓉是沒說出口過，她待過仙界不同的地方，崑崙是她最不喜歡、最不愛待的。

想到九天玄女對自己的挑戰，東王公無波的紫藍色眼睛閃過一道笑意。

「九天玄女這次在凡間辦事，細節連天宮都不知道，在我的立場不得不向天宮投訴。」

「這很好，玉皇也該正視了。既然身為玉皇、統率仙界的中樞，就該時刻掌握著不同的情報，是不是？」雖然不是把九天玄女看成生死之敵，不過給和自己對立的人下絆子東王公還是很樂意的，而且九天玄女這次行事確實有令人詬病之處。

之後東王公和帝君兩人都沒有說話，樓臺之上只有香爐飄出陣陣的淡香和微煙。

無言中兩人都在比著耐性，東嶽帝君不久已經敗陣下來，忍不住一記眼刀瞪向閣樓簷下一角，和剛才面對東王公時完全不同，此刻帝君身上的冷意足以把清晨的和暖陽光凍回冰點去了。

「在牆角偷聽是很不得體的事。要是讓本君動手『請』你出來，面子就丟盡了。」帝君的語氣冰冷且帶著威脅性，敢說一個不字，他就能讓人受到比他說的更嚴重的後果，包准求生不得、求死不能。

聽著東嶽帝君的話，東王公像被逗樂了的笑了聲，嘴角的笑意久久沒有散走，而他已經動手沏一杯新茶了。「真讓帝君動手的話可就不好了。玉皇您說是不是？」把新沏的茶放在茶桌一方沒有人在的位子，東王公沒興趣看向天花板，反正等會第二位來客自然會下來。

東王公能等，但帝君的耐性明顯沒這麼好。當新茶的煙開始減少時，他的眼刀更添幾分敵意的瞪向簷角，做出了一個極具威嚇性的最後通牒。

一聲帶著驚恐的鳥鳴過後，一隻顫抖著的傳訊仙鳥從簷角飛下，看似十分抗拒的來到東王公和東嶽帝君面前。東王公看著這隻仙鳥只笑不語，而東嶽帝君則是在額角冒出了兩個大大的「井」字青筋，看來他距離發怒邊緣不遠了。

「這算是替死鬼？」東王公輕輕的問，還伸手去掃了掃已經在發抖的仙鳥的背。

仙鳥悲鳴一聲，一雙鳥眼滿是無助和委屈，還很濕潤的看著東王公。

「玉皇應該來了沒多久，大概是從『九天玄女有什麼打算』一句開始聽的？」

東王公淡淡的把偷聽的帽子扣到玉皇頭上，而那隻仙鳥更是縮成一顆鳥球般不敢動，怕一動帝君就把牠變成冰雕鳥。

「別……別把朕說得像是會做偷聽那種下三濫事情的人！」玉皇憑空出現，一身紫金龍袍還沒有換下，只是在外加了一件銀白滾毛披風。銀白加上紫金，沒有隱身法術的掩護玉皇就像行動的發光體，看過去便是金玉滿堂般閃眼。

「玉皇大駕光臨有失遠迎了。」

「你哪是真心這樣說？」

「這話玉皇說得不對了，玉皇既沒帶您的儀仗，更沒事先通知東華臺接駕，可見玉皇是想低調行事，玉皇的心意豈敢不從？」

「什麼都是你說的對。」玉皇心情似乎不是很好的坐在放了新茶的位子上，把擋著的仙鳥挪到旁邊去。

那杯茶兩三口就被玉皇喝到見底，這種牛飲的方式讓帝君抽了抽嘴角，好不容易才忍下了批評玉皇品茶的方法。說到底，玉皇怎樣也是天宮的主人，名義上也是他的上司。

「玉皇不把我叫到天宮反而親自來了，是為了什麼事？」東王公淡淡的問。

玉皇從不輕易離開天宮範圍，這個不輕易不是說他不能離開，而是他太顯眼，就算再小心翼翼的喬裝也很容易被當值守門的看穿，要他帶著一串串儀仗在後頭，玉皇又覺得很麻煩，所以玉皇是個大門不出、二門不邁，生活過得比閨閣小姐更深閨的大男人。

現在玉皇什麼人都沒有帶，就只挾了一隻傳訊仙鳥做幌子跑出來，一來就來了東華臺，唯一可以想的就是他有急事要找東王公，而他知道東王公一定會拖著時間不立即趕去天宮。

「難道叫你來你就來嗎？」上次他讓仙鳥來請人，請了大半天也不起行的傢伙竟然一臉意外的說出這番話，玉皇覺得心口有道悶氣湧出，說不定等會他有吐血的可能。

真的有急事，等東王公慢條斯理從東華臺飛到天宮，急事大抵也變成喪事了。

「玉皇的敕令豈敢不從。」回答的是東嶽帝君，他冷冷的瞄了玉皇一眼，「玉皇不吩咐本君過去，本君也打算到天宮拜會了。」

想到這陣子凡間的亂子東嶽帝君就有氣，天宮辦事不力連累他的地府也得多操勞，捉妖也淪落到他們鬼差的工作範圍這算什麼！原本打算去找玉皇算帳的，現在對方主動現身，帝君不抓住這機會出口鳥氣才怪了。

「不……不，東嶽帝君你不用特地過來了。」聽到帝君說等會要到天宮，玉皇臉色一變，在正色認真下又有一點慌張，讓人一眼看出他對東嶽帝君是多麼的抗拒。

「還請玉皇鄭重接受本君的拜訪。」東嶽帝君半點面子也不肯賣，直接把玉皇的意願無視掉，一心決定等下要到天宮去討個公道。

「帝君呀！你也要體諒一下朕的難處呀！」扶著額頭一臉的頭痛，玉皇自然是知道東嶽帝君的為人個性都是硬邦邦的，除非能用道理說服他，不然要是讓東嶽帝君先執住道理，那就別想能說得過他了。或許能用身分迫得東嶽帝君不得不按自己的話去做，但那樣就是斷了和帝君的交情……

深明這一點的玉皇自然不會這麼笨，一下子就用玉皇的身分去壓對方，很多時候他也是必須賣點面子給這些高階仙人，不然四處得罪人，天宮要是出什麼事想找個幫手也沒有了。

「那本君的難處誰來體諒？」帝君不客氣的回嘴，鐵色眼睛也狠狠的瞪了玉皇一眼，像是警告他別想裝可憐來把責任推卸掉。

深深嘆了口氣，玉皇覺得自己的頭痛越來越嚴重，也越發覺得應該再多投放一點資源在開發後悔藥上，他現在比嫦娥更後悔，更想要吞一把後悔藥呀！

為什麼他會同意讓芙蓉下凡工作抵債啊！

在心裡沉痛的吶喊了一番，玉皇臉上的表情也沒有絲毫的改變，這點上位者不形於色的功夫他還是有的。而且東嶽帝君對自己嚴詞厲色，在旁邊的東王公竟然連吱一聲也沒有，東王公不出手阻止，帝君可會不停的繼續「有禮的」教訓他，反正現在就只有他們三人，也沒什麼面子掛不掛得住的問題。

深深的嘆了口氣，玉皇只有把他現在掌握的事說出來：「崑崙一概推說不知道。」

說完又再嘆了口氣，玉皇真的是感到很頭痛。西王母平時和天宮一向合作良好，王母也是一個細心周到的人，但這次的事她卻只推說什麼都不清楚，實在不像是西王母的作風。

玉皇並不是沒有以強硬的態度讓崑崙交代九天玄女的下落，但不知道是九天玄女連西王母也瞞著還是有別的原因，崑崙大部分能主事的女仙全都表示不知情。這種情況下，告訴別人說這當中什麼蹊蹺都沒有，誰會信？這分明是背後有什麼不妥，大家一早已經商量過了口供吧！

「這事和紫微大帝也有關，他沒說什麼嗎？」東王公一直靜靜的聽著，也沒插到玉皇和東嶽帝君的火花中，他只是看誰的茶杯沒茶水了就添，當玉皇說完話把視線拋向他時，他也不接著九天玄女和崑崙的話，卻把話題拉到別人身上了。

凡間皇權的看顧是紫微大帝的工作，也主宰皇家禍福，現在發生的種種他是脫不了關係。

「沒有，紫微沒有和九天玄女聯絡過，他看到星軌變了也感到十分頭大，我把他喚來問時還誓神劈願說不關他的事。既然和紫微沒有關係，那朕是不是可以把九天玄女的行為當作全是擅自行動了？」玉皇這話當中帶了點試探的意味。

紫微是天宮的人，玉皇自然是要攬的，而九天玄女的擅自舉動已經讓崑崙理虧，也帶給天宮麻煩，更延伸到地府。如果東王公點頭同意，那他下敕令強召九天玄女就多一點底氣了。

「這就看玉皇的決定了。」東王公哪會不知道玉皇這方面的狡詐，輕輕的瞟了玉皇一眼，他一如平常的什麼意見都沒有。

「東王公，你真的什麼內情也不知道嗎？」玉皇不太滿意東王公的答案，轉了個坐姿，一身皇者氣勢盡出，可惜在場的東王公和東嶽帝君不吃這一套，也不會被帝皇之氣給震懾。

「玉皇為什麼這樣說呢？」

「總覺得九天玄女這樣做是為了和你對著幹。」

一語命中了問題所在，東王公瞇了瞇眼沒回答，但他身邊的東嶽帝君卻已經先挑起了眉，嘴角向下一彎滿臉的不快。

「九天玄女只是個女仙，有這種想法就是對尊上不敬，玉皇如果真有這種想法應該跟西王母說，而不是來到東王公面前提出猜測。」東嶽帝君的聲音冷得很，線視像是兩道冰刀一樣刺向玉皇，玉皇的皇者氣勢也不禁萎靡不振了一下。

玉皇在心裡大嘆了一口氣，這次他真是失策了，本想著來到東華臺私下見一見東王公，誰知道東嶽帝君竟然在場，他想躲也已經來不及了，在他們兩個面前他再小心收斂氣息也是沒有用。

「帝君呀！你就饒了朕吧！朕知道這事給地府添了不少麻煩，但朕也是受害者呀！」先理虧的是自己天宮一方，玉皇心知在道理上說不過東嶽帝君，現在只能動之而情，說不動帝君沒所謂，說得動東王公讓他開口幫腔也夠了。有東王公幫口，帝君是不會說不的。

「作為主事者，在出事之後是不能說自己是受害者的。」哼的一聲作結尾，東嶽帝君這話已經是指摘了。

玉皇一聽臉色雖然沒有氣到發青，但是白眼倒是差點翻了出來，只見他拿著茶杯的手顫了顫，也不知道是不是氣得發抖了。玉皇俊雅的臉容勾起一個有點扭曲的微笑，看上去怪可怕的。

「東王公你就看著帝君這樣對我嗆聲嗎？」對付東嶽帝君不成，玉皇轉而去問能主事的。

「帝君只是很冷靜的陳述和提出他的個人意見，聽取臣下意見和反應是明君該做的事，所以玉皇說笑了，帝君哪是和您在嗆聲呢！」一臉不解的回答，話到了東王公嘴中多說一遍就變成了玉皇的不是。

「東王公你……你……」

「我什麼呢？」東王公回以一記和煦的笑容。

「罷了！」賭氣般轉過身，拿自己的後腦杓對著東王公和東嶽帝君，從他起伏的肩膀，看他大概是在平復想要罵人的心情，還有重組一下表情吧！

剛才那扭曲的笑臉被外人看到真的不好，把玉皇的臉面都丟盡了。

「堂堂玉皇耍性子可不行。」

「朕不爽了。」玉皇別開臉，把臉板起來、劍眉高高揚起來，表達出他的不滿。

如果現在找人解讀他的內心，他一定是在想以他在仙界高高在上的地位，紆尊降貴的跑來東華臺，沒有好吃好喝的把他供著就算了，他也只是剛來，不是有心要在牆角偷聽，被冤枉誤會也算了，一坐下東嶽帝君卻沒有給他好臉色看過呀！

有這樣不給面子的嗎？

「那玉皇慢慢坐，等您心情爽了再來找我，我再考慮請不請您喝茶。」見玉皇生悶氣，那一聲「朕」語氣可真重，對方正在氣頭上，東王公也沒打算自討沒趣的主動和他說下去。

視線落回棋盤上，剛才下過一枚白子後棋局就暫停下來，現在原本下棋的興致也被玉皇的到訪打斷了。東王公知道東嶽帝君有看過棋盤，也解出內裡的意思，只是不知道玉皇有沒有看出來。

如果他看出來了，他會如何做？

「東王公！」

「玉皇，這次的事我幫不了您，我出面的話，九天玄女可就真的要把我當成是死敵了。」從棋盒中緩緩摸出一枚黑子夾在指尖，東王公有點心不在焉似的回了玉皇的問題。

提起九天玄女和東王公兩人之間非敵非友的關係，玉皇也是不解，沒事時九天玄女對東王公也是有禮恭敬，甚少落人話柄，只有在決定芙蓉住到東華臺一事上，九天玄女不知為何異常反對，但她是反對，卻沒說是因為東王公的問題還是蓬萊仙島的問題。

現在回想起來玉皇還是不明白，芙蓉把瑤池金殿炸出一個大洞時，最生氣的好像就是九天玄女。那次她的表現真是表裡不一，好像是為反對而反對似的。

「你到底和九天玄女有什麼過節？」

「沒有。玉皇知道的，崑崙一向不太喜歡我去拜訪，或許是這個原因吧？」

「但是芙蓉……」

「讓她下凡去歷練的不就是你們的主意嗎?現在才擔心也顯得遲了。」把玩著手上的棋子，東王公的視線在棋盤上的交差點上游走，最後停在一點，黑子被輕輕的放了上去。

想起剛才在傳訊鏡上看到的她，東王公嘴角的笑意加深了不少，但看在玉皇眼中卻是心驚，他們在說著這種危險話題的時刻，東王公這樣笑是什麼意思!他好像有什麼可怕的打算似的……越想玉皇就越擔心了。

「東王公你還有心情下棋嗎？」

「下棋怡情養性，玉皇偶爾也該藉下棋修修心。」

「麻煩事這麼多，朕哪有空?東王公你出出主意吧!」

東王公不語，只是從白子的棋盒中抽出一枚白子，纖長的手指在玉皇的面前劃過，然後落在棋盤上，把剛才黑子闖出的生路硬生生的截斷了。

「既然是玉皇金口問到，我會這樣做。」放下白子後東王公就起身離席。

在旁邊的東嶽帝君看了看現在的棋子布局，挑了挑眉，已經看出了東王公下的殺著代表什麼。不過玉皇眉頭都皺出深深的川字，還是沒看明白棋局的含意。

東王公已經下樓，樓臺上就只剩下玉皇和東嶽帝君兩人。

「玉皇還要下棋嗎？」東嶽帝君繡著銀紋的黑袖子在棋盤上拂過，棋子已經全數回到棋盒中，剛才那複雜深意的棋局轉眼消失。

「對手是帝君的話敬謝不敏。」

「這很好，那本君恭送玉皇回天宮吧！」

「不！不要客氣，帝君事忙，朕自己回去。」

「請吧！玉皇陛下。」兩眼寒光一閃，帝君一身上下散發著逆我意者不得好死的氣勢，連玉皇看到了都不禁屏息靜氣。

「到底誰才是玉皇呀……」玉皇嘴角抽了抽，小聲的像蚊蚋般抱怨一下。

看著兩朵彩雲被東嶽帝君順手招來，在帝君的眼刀恐嚇之下，從天宮溜出來的玉皇只能踏上回程之路。他特地跑來東華臺的目的好像根本沒有辦到……

四
換她女仙大人出征了！

「我送藥回來了。」拿著空空如也的玉碗回到正苑偏屋，潼兒朝屋內喊了一聲。

偏屋中仍是放滿了不同種類的植物，角落種靈芝的枯木也早已經換了一條更大的，除了靈芝之外還冒了幾朵香菇一樣的東西，之前聽塗山說過半夜被靈芝咬了，也不知道現在這些會不會咬人。而且那幾朵香菇看上去也很可疑，似乎會動的！

發現到不尋常的情況潼兒心裡發毛，小心翼翼的不敢靠近靈芝所在的方向。

偏屋後半部，屏風之後的躺椅傳來一些零碎的聲響，就像是有人躺在上面現在翻了個身，翻的時候還弄倒了手邊一堆東西似的。

等了一會兒，雜亂的聲音都過去之後，才聽到一道了無生氣的聲音回應。

「哦……那他有乖乖喝了嗎？」

芙蓉從屏風後方走了出來，一身打扮和平日沒有兩樣，不過整個人看起來就是沒有生氣，好像一顆水果快要放到發霉，霉過了等著變乾似的。

平日最緊張李崇禮那些藥的她現在竟然只是淡淡的問了這麼一句，這不是有問題是什麼？

「王爺喝了，還有問到怎麼今天不是芙蓉妳送藥去，是不是有什麼事。芙蓉妳生病了嗎？」把手上的托盤放到一旁，潼兒一邊說一邊動手收拾著房間，把桌上一堆散亂的藥方整理好，讓桌面重見天日。

「仙人會生病嗎？」芙蓉沒好氣的說了一句，然後半個人就趴在潼兒整理好的桌子上。「因為我今天不想看到他那張臉。」

「臉？」潼兒頓了頓，然後想起昨夜他回到樹叢那邊打算回收傳訊鏡時芙蓉已經不在的情況，鏡子靜靜的待在那裡，東王公還在，只是不知道東王公到底對著黑漆漆的花園看了多久。

最大的問題是東王公見他回來完全沒有提過芙蓉跑掉的事，他不說潼兒怎麼敢問？東王公看起來也沒什麼似的，只再交代他幾句話就切斷了通訊。但是看現在芙蓉這個發霉的樣子，好像是受了什麼打擊一蹶不振的模樣，臉上就像寫著昨晚出事了幾個大字一樣。騙得了人才有鬼！

「昨晚妳和東王公吵架了？」

試探性的一問，果然芙蓉臉上立即出現了一個扭曲的表情。潼兒感到萬分無奈，他只是跑去把錦囊內的東西悄悄收到李崇禮每天必定會隨身帶著的物品中，雖然是花了一點時間，但那最多就是一刻鐘多一點，這麼短的時間他們到底是聊什麼聊到吵架的呀？

不過，東王公會和別人吵架嗎？完全無法想像。

但昨晚肯定是發生了什麼事，不然芙蓉不會大半夜在慘叫，而且叫得這麼驚恐。

那一聲慘叫，其實差點把睡夢中的李崇禮吵醒，幸好潼兒的小法術也還靈驗，不然他又得花心思去阻止李崇禮跑出來。

「吵架什麼的……沒……沒有！什麼都沒有！」

一提昨晚的事芙蓉臉極速紅了起來，她出了洋相後，每每回想一次都令她痛心疾首，現在被潼兒關心的一問，她委屈到想哭的心情都有了。

生氣的芙蓉還是像平日那樣微微嘟著嘴，臉頰氣鼓鼓的，但那一下子泛紅的眼眶嚇了潼兒一大跳。他自問芙蓉來了東華臺沒多久就一直跟在她身邊，在他大部分的時間觀察下，從來沒有見過她紅了眼要哭的！連被瓦礫砸在身上要躺床幾天的重傷她都沒有哭的呀！

潼兒沒見過芙蓉這麼委屈的樣子，有點心慌的湊過去，還很體貼的遞上繡花手絹。手絹不是潼兒自己繡的，只不過是王府統一發下來的物資，上面繡的花樣也是簡單的彩蝶，但偏偏還繡了幾道雲紋。

看到雲紋，芙蓉就想到東王公身上的九色雲袍，昨晚的尷尬又在腦海重現了……

羞憤交加，芙蓉一手抓過那條繡有雲紋的手帕擦了把臉，拿開手帕時看到的是潼兒擔心的表情，這才讓她冷靜了一點。

芙蓉仍維持著趴在桌上的姿態，潼兒坐在她身邊，他眼中的擔心是真真切切的，讓芙蓉心頭一暖。

有這個老成的孩子陪在身邊真好，既是玩伴，又能照顧她。她是不會覺得要一個年紀比自己小的仙童反過來照顧有什麼不妥的，她是給他機會歷練呀！不過難得的是潼兒這小子的個性和她很合得來，脾氣好、被她耍著也從不生氣，拿來當弟弟的確是不錯的呀！

伸手摸了摸潼兒的頭頂，引來他不滿的嘀咕了幾句，然後芙蓉的手順著潼兒喉頭的位置向下指，在鎖骨下方三吋多的位置停了下來。

「潼兒你說，單衣鬆到這種程度，我還有臉見人嗎？」

「這種程度？」

潼兒茫然的看著芙蓉手指停下的位置，他花了幾秒去理解芙蓉到底想表達什麼，他因為驚訝而口齒都變得含糊不清，連驚叫都遲了幾拍。突然芙蓉猛地站起身，而且表情十分凝重。

「芙蓉？」潼兒不安的看著她，心想不會讓她提起單衣出糗的事又給了她再一次的打擊，現在要發作出來吧？

首當其衝的是他還是李崇禮？

要知道，李崇禮的容貌與東王公相似，芙蓉今天避著見他，九成是為了迴避尷尬，不然九成是拿他當替死鬼的！

芙蓉扶著還留有傷痕包著布條的右手，那隻手微微的在抖著，連指尖也白了。她皺起了眉頭，嘴也抿成一直線在忍耐那傷帶來的痛。單憑感覺她就知道之前傷到她的邪氣正在發作，殘留在傷口的邪氣帶來陣陣像被一排排針刺般的疼痛。留在她手上的邪氣需要時間淨化，現在這種刺痛的感覺，絕對是因為她身處的地方太接近邪氣的來源所致。

咬了咬牙，臉上裝作什麼事都沒有，被潼兒知道她痛得冷汗都冒出來的話又會小題大作了。

差不多是同一時間，芙蓉和潼兒感覺到一陣沖天的妖氣乍然閃現，位置距離寧王府不遠。從妖氣出現和消失的時間、距離來看，芙蓉不相信對方是高速逃逸而消失，應該是被法術隔開，所以氣息是一下子斷掉的。同時，芙蓉還感覺到另外兩個熟悉的氣息在同一個位置——

塗山和季芑。

而剩下那個妖氣沖天的存在不用說，一定是那個叫姬英的女妖。

他們三個人是老相識，至少芙蓉知道季芑認識塗山，而塗山認識姬英，他們三人極可能彼此相識，而且有著連東王公都說不方便說出口的往事。

當芙蓉想到這一點時，心裡已經打定主意要去一趟，說不定從中可以知道一點他們之間的事。

主意已定，芙蓉下意識的摸了摸自己的袖子，她防身用的東西都是藏在那裡面的。

「潼兒你快回去李崇禮的身邊，我要出去看看。你們記得不要離開正苑的法術範圍。」吩咐了這麼一句後芙蓉隨即隱身飛出了王府，潼兒想抓也抓不住了。

「等等！到底是什麼事？芙蓉妳先別走呀！說清楚呀！」

※　　※　　※

留下還在叫嚷的潼兒，芙蓉以最快的速度飛向妖氣出現的方向，雖然她對京城的路仍是處於陌生的階段，但只要有明確的方向她就有辦法去到，不用煩惱地址，讓她追蹤靈氣的流動反而更有效率。

芙蓉在空中飛過，白日之下京城四周有不少人在走動幹活，即使是內城的範圍也是一樣，下人趕在正午最熱最曬之前辦好差事。除了這些在走動的人外，芙蓉好像還看到一些穿著黑衣戴著黑帽的地府工作人員在走動。

七月還沒過去，雖然已經過了中元節最顛峰的時期，但地府似乎派了更多的人手上來了。芙蓉感到有點納悶，之前她出來好像也沒看到街上有這麼多鬼差，難道這陣子要死很多人嗎？

雖然沒有打照面，但是從他們的肢體動作不難感覺出他們也處在緊張的狀態下，恐怕他們上來之前東嶽帝君下過嚴令吧！例如出了什麼差錯就要打入第十九層地獄去，而這第十九層地獄還是特地打造出來招呼犯錯的地府成員的。名副其實的量身訂做，可見多麼的可怕。

看他們的樣子似乎也是感到剛才出現的那道妖氣，不然他們的臉色不會比平時更差上幾分，原本已經夠白的臉現在是青色的。

剛才的妖氣這麼大的動靜，說不定會驚動地府的高層人物。

這念頭一冒起，芙蓉立即打了個冷顫，上次遇上了轉輪王和秦廣王再附加他們的頭目，這次她不想又遇到他們這一幫人了。

即使換了其餘的什麼王，戰鬥力再強她同樣敬謝不敏，地府的人最好不要再出現在她面前了，每次見到都不會有什麼好事發生，被施了定身術說教連逃走都不能的經驗，她不想再來一次了。

這種事一百年一次也嫌多！更別說距離上次被東嶽帝君教訓還沒過幾天呢！

回想是不堪的，手臂上的雞皮疙瘩卻是真實的，想不到連回想一下和地府有關的事她也覺得渾身發冷。

一邊搓著手臂、一邊以高速掠過屋牆之間，芙蓉意外的看到一列迎面朝自己走來的隊伍，領頭的身穿宮裡侍衛的服飾，神色凝重的指揮著一行人，看樣子好像在迴避什麼，走得很急。

雖然全是陌生的臉孔，但憑這些人和李崇禮正苑中日夜守著的侍衛相同的打扮來看，芙蓉可以肯定這些人保護的隊伍中必定是一位皇子。上次那個脾氣似乎不好的六皇子還住在皇宮中，這行列中的人應該不是他，看來是不是李崇溫就是排行第四的李崇言。

想到這些皇子的名字，崇溫、崇文、崇言、崇禮，本來芙蓉以為最後一個應該是崇武了吧！誰知道六皇子竟然叫李崇善。

六個兒子，全部的名字都偏向溫文的，怎麼就不改個英明神武一點的呀！結果六個兒子還真的全都文治強過武功，難怪會說人怕改壞名了。

看著隊伍在眼前經過，芙蓉飛向更前一點的地方。在空中飛不用拐彎，直直的穿過別人家的領空很快就到了目的地。

芙蓉停在大路上，她猜自己仍然處於內城的範圍，因為從王府出來之後她也沒有走太遠的路，剛才在房子上飛時，一整片看過去都是達官貴人的住宅區。而且之前才遇到一列皇子的隊伍走過，想必絕對沒有走出內城。

走到現在這個位置證實了芙蓉之前的猜測，妖氣是被法術隔開了，而且有效範圍不大，芙蓉看得出法術有點粗糙，很容易找出幾處漏洞。

只要從這幾個地方下手很容易就能破解法術，不過芙蓉不打算這樣做，一旦把隔絕法術打破，等同放那個姬英自由，剛才遇上的隊伍還沒走遠，要是被姬英追上就得全軍覆沒了。

芙蓉小心的走近，伸手放在法術形成的無形屏障上，第一件事是深深的嘆了口氣。

昨天才讓東王公不著痕跡提起這件事，今天她就要身體力行了，這簡直就像是東王公的詛咒。

很久沒認真的把自己的看家本領使出來，芙蓉不由得先正起神色，把屬於自身的氣息全部收斂起來。這其實不是法術，而是仙人對自己仙氣的控制，芙蓉要做的是把自己弄得像是變透明一樣，讓隔離法術裡面的人察覺不到她的入侵和存在。

把自己的氣息收斂到像不存在，這需要長年的修行，像塗山這種千年狐仙能夠做到，年資長、仙階高的也是手到拿來，不過這技術活對芙蓉卻是小菜一碟。不必從一數到十，她已經把氣息和四周的靈氣同化了。

用這麼短的時間達到這個程度沒多少人做得到，但芙蓉是靈氣中所生的天仙，她本身就是靈氣凝聚起來的化形，如果連她都沒辦法做到這一點，還有誰能做得到？

收起自己所有的氣息，芙蓉雖然就站在那裡，但從別人的感知上，她已經變成透明人似的無蹤可尋。她抬起右手，指尖上緩緩飄出一縷黑色邪氣像是和隔離法術後的強大妖氣呼應般舞動。

隨著這黑氣的出現，芙蓉皺起眉頭，刺痛的感覺不太好受，但是她也知道這次之後右手的傷也算是能差不多全好了，敵人帶來的傷害現在反過來被她當媒介來利用……如果那女妖知道了，會不會氣死？

芙蓉慢慢的把所有布條都拆了下來，再看了看自己的指尖，那幾道本來結了痂但仍然存在的傷痕，現在只剩下淡淡的痕跡。

她把手伸到法術的邊緣，那裡正是被她發現的其中一處破綻，也是法術的一道細微裂痕，從這道裂痕不斷的透出裡面互相抗衡著的妖氣、仙氣，氣場可說是有多亂就有多亂。

芙蓉嘴角勾起一道勝利笑容，她知道潛進去的事已經是志在必得了。連法術也不用費心去破解，只用一點小技巧就讓那一丁點的黑氣作媒介穿過了隔絕法術。

即使施術者感覺到法術出現了異樣也會以為是被姬英的妖氣沖擊，不會想到是有人藉著那一縷妖氣反過來潛了進來。

既沒有驚動到裡面的所有人，也沒有驚動原本的施術者。

成功的潛入隔絕法術內，芙蓉嘴邊先是勾起一道有點無奈的苦笑，她敢說能做到無聲無息穿過隔絕法術的人，在仙界也都是一些位階很高的仙人，而且在潛入之前說不定也得做很多不同的準備，或是身上帶著某些寶貝，不會像她這樣空手斂起所有氣息入侵。

芙蓉自己很清楚，這個能力看似很好用，也很方便，但別人辛辛苦苦設下這些阻隔入侵者的手段，放在她面前卻全都變成沒用的，芙蓉知道這個能力對他們來說有多麼忌諱。

既然需要設下層層的阻隔和禁制，就是不想任何人接近，但是這些障礙卻對芙蓉沒有太大的作用。

靈氣是無處不在的，想要封了芙蓉這天生的能力就等於把難得凝成的神魂打散，仙界沒有人會捨得這樣做。既然不能做，就只能從其他方面遷就了。

他們以為自己掩飾得很好，可惜芙蓉剛懂事時就已經知道了。她是調皮貪玩，但有些事情當時年紀小小的她已經察覺到有古怪。因為三位天尊時常偷偷避開她密談，他們卻不知道自己的談話內容早就被無意中領會這天生能力的芙蓉偷聽到了。

當時年紀小不明白，但長大後還意會不到就說不過去了。

他們所有人是很疼她，把她當成仙界中小公主般寵著，因為她天生的能力帶來的問題他們從來不說，活像是不說出來問題就不存在般的採取迴避政策。不過芙蓉也有她的作法，她會用自己的方法讓他們不去煩惱那個問題。

一個地方怕她住太久會發現不妥？

不怕，她自己想辦法令他們送她走，換個新地方就不怕了，隔一段日子再換也行。

她抱著這樣的想法，也很努力這樣做。從最寵著她的玉皇也受不了要送她離開天宮，就知道她到底有多努力實踐了。

天尊的地方也好，天宮或是崑崙當中芙蓉相信一定也有一些地方是不方便讓人接近的。芙蓉一直沒說她早早就從四周的靈氣分布發現了那些地方的存在，相信他們也都知道這一點，那不如她自己一段時間就換一個地方，免得那些人擔心，既不想讓她知道那些祕密，又不能明說給她知道，而且要小心防備她誤闖。

不過，她倒是沒考慮過自己有這種天生的能力是好事還是壞事，凡間有名言「天生我材必有用」，現在不就很有用了嗎？看她這麼輕易就潛進來了！

而這能力目前芙蓉也只能用於偷雞摸狗，像上次被變成鬼魔的孫明尚襲擊時，她也只能想辦法打破把自己困住的法術，因為上一次她根本沒有時間去找法術的破口，手上沒有媒介也讓她花了較多的時間。

她相信孫明尚連一息的時間都不會給她，見她想逃走，第一時間就會拉她同歸於盡。

手上的黑氣在穿過法術時被消耗掉，芙蓉甩了甩手，指尖最後的一點黑也像是汙垢一樣被甩掉，右手變回又白又滑的樣子。

面前三道不同的氣息交織，在法術外聽不到像是悶雷般的聲音此起彼落。

芙蓉悄悄的沿著隔離法術的邊緣移動，她不敢讓戰鬥中的三人發現她。她不是擔心被罵，她比較擔心自己會來不及認親就被塗山或是季芑先錯手轟成碎片。

戰鬥區域在大路的正中心，四周其實並沒有什麼掩護物可以給芙蓉藏起身影，不過幸好法術的範圍包含了旁邊宅第圍牆一的部分，大路中的一道牆對芙蓉來說就像是沙漠中的綠洲般珍貴，她連忙躡手躡腳移動到那邊，無聲的像隻壁虎般攀了過去躲在牆頭後觀望整個形勢。

法術的中心是塗山、季芑還有姬英，看地上翻起來的痕跡還有四周流竄的混亂氣流，紛紛反應出他們三個似乎已經交手不止一個回合。芙蓉瞇起眼睛看過去，發現姬英湖水綠的衣袖上有些裂口，破口之下隱約看到像是乾涸的血汙，而且神色也沒有上一次在王府見到她時那般從容。

這次只有他們三人，沒有東嶽帝君這種有著絕對壓場的人物制止塗山動手，而且季芑是九天玄女那邊的人，立場自然是偏向塗山那邊對抗姬英的。二對一，即使姬英再神通廣大，也真的免不了有傷。

姬英站著的路中心出現了一個圓形的下陷，她正站在下陷位置的中央，四周仍有著白色的火焰在燃燒，這應該是塗山放出來的狐火，而有被燒過痕跡的地上好像有一些不知名生物的殘骸，因為燒得失了原本的外形，芙蓉想猜也沒有辦法。

「你們兩個是打算聯手把我留在這裡了？」

姬英舉止保持女兒家該有的優雅，輕輕拍了拍衣裙上看不見的灰塵，摸到破損的衣袖時不禁面露惋惜的表情。當她再抬頭看向面前兩人時，眼神變得非常凌厲，如同兩把利刀一樣。

芙蓉現在的位置正好從三人的側面看過去，姬英在她的左手邊，而塗山和季芑則在她的右手邊。塗山距離她所在的位置有點遠，芙蓉看向他的方向時，視線正好被季芑的白紗遮住了一半，只能看到塗山黑色衣服的一角。

「姬英，我想上一次我已經表明，不讓妳動二皇子的。」

這三個人從剛才芙蓉潛進來開始就一直保持沉默，芙蓉還以為等一下第一個開口的必然是塗山，上一次沒有帝君阻止的話，他早就撲去和姬英打個你死我活了，現在仇人見面理當分外眼紅才對呀！怎料首先說話的卻是季芑。

季芑的聲音和語氣，與上次芙蓉見到他時一樣帶著微愁，即使身處戰鬥現場，他自己也有動手，但他的白紗帽仍在，把整個人的身形遮得密實，讓人看不透他的表情。

敵人是看不到他的表情，不過芙蓉有點疑惑，萬一要動武器，這種白紗及地的打扮要打中敵人就要先自己割開那層白紗，這是不是有點笨？

「哼！你說一句我就照著做，把當我成什麼了？當年明明是你最弱小，你卻偏偏可以活到現在還入了仙籍？真是可笑！」

姬英嚴詞厲色的一句句罵著季芑，她不是潑婦罵街那種野蠻的態度，但是一字一句說得是咬牙切齒，當中包含著的恨意和冷笑從她的字句中表露無遺。

被她針對性的責罵，季芑卻沒有反駁。

「只知道回首過去，忽略眼前一切的妳，憑什麼笑得這麼囂張？」塗山甩了甩手，一些黑色粉末被甩了下來。

他紅色的眼睛狠狠的瞪著姬英，身上纏繞著的不是他在王府時那種讓人感覺到慵懶妖魅的氣息，而是真正讓人覺得膽怯的強大氣息。

芙蓉趴在牆頭不由得打了個寒顫，塗山現在身上有的不只是怒氣，還有殺氣，芙蓉覺得他比上次在王府面對姬英時殺氣更重了。

「塗山你又何嘗不是回首過去？你有資格說我的不是嗎？」

三個人站在路上對峙，芙蓉不明白為什麼二對一明明就是塗山和季芑佔優，但現在他們不動手倒是她有點焦急了，一動不如一靜是單打獨鬥時才用的策略吧！現在當然是要仗勢打人，先下手為強！現在不打等何時！

屋牆上躲著看的在窮焦急，但是下面三人卻像是時間很多似的沒有動手的打算。

「霜离從沒說過要妳做這樣的事。」剛才被罵得沒出聲的季芑好像要蘊釀很久才說得出這句話。

霜离這個名字一出，塗山先是皺了皺眉，而姬英更是直接目露凶光了。

「別用你的聲音提起霜离的名字！位列仙班的你為了他做過什麼嗎？比起塗山，你更沒資格！」

芙蓉趴在牆頭雙眼精光一閃，剛才話中提起的名字似乎很重要，而且從他們的對話內容可以推斷出他們說的正正是引發他們不和的事。

偷聽雖然是不好的行為，但聽到戲肉要來了芙蓉還是忍不住的有點興奮。

不過這樣的行為始終太過三八，芙蓉在心底小小的鄙視了自己一下。

「如果沒有霜离，你們今天能站在這裡？我為霜离做的事你們別想阻止我！」

姬英說得很憤怒，活像眼前的二人是天底下最恨的仇人似的，芙蓉不禁心裡掠過一陣戰慄的感覺，手臂上的雞皮疙瘩又再度活躍了起來。四周的氣息中滲入的負面情緒越來越多，讓融入四周靈氣中的芙蓉感同身受似的。

「妳可以為了霜离，就把白楊的後人視若無睹嗎？」

冷冷的聲音從塗山剛才所在的位置響起，芙蓉還沒來得及把冒出來的雞皮疙瘩搓掉，一抹黑影已經掠至姬英的面前。

姬英或許早就猜到塗山不會忍得住，已經做好了應付突襲的準備，塗山揮手揚起的狐火還沒近她的身，一條閃著幽光的黑色鱗粉組成的黑光早一步襲向塗山的方向。

一道白色狐火和黑色的鱗粉交擊，沒有震耳欲聾的聲音，但視覺上卻令人震撼，白火與幽黑交

纏，互不相讓的在吞噬對方，而另一邊塗山已經和姬英拳腳相交。他們的速度很快，芙蓉差點就看得眼花，她的視線跟著往左往右，因為看不清楚所以很緊張，她摀住自己的嘴小心不發出半分聲響的看著，擔心著塗山是否不敵姬英的攻擊。

要是塗山被打敗了，剩下季芑……看來應該打不過姬英……

姬英的殺意給芙蓉貨真價實的感覺，塗山似乎也對姬英恨之入骨，但是他的殺意沒姬英散發出來的那般強烈。如果單憑殺意來決勝負的話，姬英一定以超出九條街穩勝了。

從姬英手中撒出來的黑色鱗粉，上次芙蓉已經見識過了，上面有毒，碰到了即便是塗山也不會好受。從這個手段來看，姬英應該是蝶妖之流，但她操縱那鱗粉組成的黑光帶卻讓芙蓉覺得她在舞蛇，看得她雞皮疙瘩冒出來就退不回去了。

對於她真身的這個疑問先收在心底，芙蓉看到塗山差一點被姬英掠過他胸前的手刺中時，差點驚叫了出來，但恰好一條純白的布條及時纏住了姬英的手，硬生生的把她拖開，塗山才趁機脫身退了開去，不然塗山胸前不被挖洞也得留下一道深深的血痕。

「季芑你不打算幫忙把姬英擱倒就不要插手到底！」被解圍的塗山不太領情，紅眼一瞪，責怪的對象竟然是季芑。

芙蓉覺得自己現在的表情應該也和囧字沒什麼兩樣了，被人救了還要罵人，這也太過分了吧？季芑大可以不動手，看著他胸前被人刺出個透明洞洞呀！

這簡直是現實版的狗咬呂洞賓、不識好人心呀！

旁觀者看得緊張又生氣，但被瞪視的當事人卻像個沒事人似的往前走兩步，白紗隨著他的動作微微擺動，但這次他不是無聲無息的，隱約隨著他的腳步有一些細碎的金屬碰撞聲響起。

「我或許是沒資格批評塗山一言半語，因為他做到了我沒去努力做的事。但是姬英妳又怎樣？千年下來，妳有為霜离做過一星半點的事嗎？妳現在做的，難道就真是為了已逝的霜离？」

不知道是什麼觸動了季芑的爆點，他的語氣冷硬，連塗山都忍不住愣了一下，不相信那是從季芑口中說出來的。

「你閉嘴！」

芙蓉仔細的聽著，剛才塗山說過姬英可以為了霜离就把白楊的後人視若無睹，先不理會霜离是哪根蔥，芙蓉比較在意的是白楊的後人是誰？

形勢已經很明白的了，姬英嘴上說是為了霜离才做現在這些事，看樣子她同時對白楊的後人下手，能讓塗山這麼激動的除了那個人之外，芙蓉想不出其他人選了。

只是那人姓李名崇禮，他的母妃既不是姓白，也不是姓楊，從族譜中也不知道能不能找出一個叫白楊的祖先來？

但是如果把李崇禮套進「白楊的後人」這個角色，倒是能夠解釋姬英對李崇禮下手時為什麼塗山這麼暴怒。

李崇禮會是那位白楊的後人嗎？

芙蓉一時之間想不明白，李崇禮出身皇家，母親即使在後宮中眾妃中出身不是最高貴的，但總也是官宦之後，出身清清白白怎可能和妖狐扯上關係？

而且那個白楊應該是塗山他們的同類吧？

「我們三人昔日都是霜离還有白楊的朋友，塗山為了白楊的後人我明白，但是姬英妳是為了霜离的什麼而這樣做？」

「不用你們多管！」

姬英怒叫一聲，她的目標一下子變成了擋在塗山身前的季芑，黑色光帶橫掃向季芑身處的位置，他也不避不躲，眼看他快要被那些毒鱗粉碰到時出乎意料之外的事發生了。

細碎的金屬聲響起，季芑身邊的四周赫然多了一片片銀色金屬片在飛舞，這些像是柳葉般細長的金屬片一出現，姬英臉色一變，隨即把那鱗粉光帶打散。沒了姬英的控制，鱗粉在空中飛散，躲在牆後的芙蓉看到鱗粉飄向自己時差點驚呼，她是忍下了尖叫，但是失足從牆頭掉下去弄出來的聲響卻把她的位置曝露了出來。

「誰！」

一聲怒喝伴隨而來的是凌厲的攻擊，芙蓉先前躲著的屋牆瞬間已經穿了一個大洞，芙蓉躲得快，沒首當其衝的跟著一起被穿洞，但是從牆頂上掉下來的瓦片卻把她的頭砸破了。

芙蓉摀著頭，指縫間流下了鮮血。被打破了頭當然痛，幸好這種皮肉傷很快就能好，痛個一剎那就完事了。

而且最讓芙蓉痛心疾首的是，誰不來砸牆偏偏是塗山來砸，要不是她身手靈活及時躲開，她現在已經被整面牆的瓦礫活活壓死了。

塗山把牆打塌了之後沒有乘勝追擊殺過去，反而衝向姬英的方向。在第三者的角度看，他像極了懷疑潛藏的人是姬英的同伙而動氣，但事實上他從剛才那聲悶哼聽出了躲在牆後的是誰。

既然知道躲在牆後的人是誰，塗山只好先把姬英的注意力分散，不然若先讓姬英下手，芙蓉絕無還擊之力。

芙蓉頭暈暈的爬起身，扶了扶被砸破了但已經痊癒的額頭，不看還好，一看就看到自己整隻手都是血。要是常人這樣被砸早就暈死在角落了，不過她還活蹦亂跳的，嘴上也不忘小聲的暗罵砸牆的罪魁禍首。

縮在塌了一半的屋牆後，芙蓉探出半個頭偷看塗山和姬英的情況，那邊在打得你死我活，無聲的芙蓉身前突然多了一抹白影，還有一片片的銀柳葉反射著陽光。

白紗隨著因為旁邊打鬥颳起的風而揚起，一張清秀又帶著愁緒的臉首次出現在芙蓉面前。少了一層白紗的阻隔，芙蓉才看到季芑的頭髮是帶著墨綠的顏色，要是直接在陽光下很容易就能看得出來。

這一抹綠色應該是來自他的原形，好像塗山的暗紅色眼睛一樣也是承繼自他的原本形態，不過芙蓉心想，被一隻紅眼狐狸盯著看感覺應該很恐怖。

「妳沒事吧？為什麼在這裡？」季芑伸手探向芙蓉的頭，確定她頭上的傷已經沒事、只剩下血跡，才放心的收回手。

「想不到塗山二話不說就把牆打塌了。」手上未乾的血跡也不知道抹在哪裡好，手只好先放在一旁待乾。

「面對姬英這個強敵，塗山不能不小心。」

「她很強嗎？」芙蓉小心的看過去，塗山和姬英拳腳對戰，姬英竟然完全沒有落入下風，隱隱還有壓住塗山的態勢。

「很強。」

「那你呢？站在這裡和我說話不用去幫忙嗎？」

「我不擅長戰鬥，也不能放妳一個人吧？」季芑手指動了動，圍在他身邊的銀色柳葉隨他的心意移動，近距離一看，原來每一片金屬柳葉片上都刻上了一道符令。

「看你的模樣，也是不能放你一個人呀！」芙蓉張了張嘴看著那些葉片上的符令，然後上下打量了季芑一眼，看過他的臉後更覺得他整個人有點弱不禁風，風颳得大一點都會被吹到天涯海角，但原來身上有著這麼厲害的防身寶貝！雖然及不上東王公在潼兒身上留下的防身法術厲害，但東王公是什麼級數？沒得比的。

季芑沒有說話，只是微笑著搖了搖頭。

這個動作不知道是表示什麼，芙蓉和他認識尚淺，不可能從對方一個簡單的動作就帶出當中的含意，只能無視了。

「為什麼不擅戰鬥的你不待在皇宮，會出來這裡？」既然不擅長戰鬥，那他跑出來的目的應該和塗山不一樣，不是打算和姬英決一死戰的吧？

「是九天玄女要你出來的嗎？」

追加了這個問題後，季芑這次略微無奈的笑了笑。

「我想妳也知道旭世子的情況，所以二殿下不能出事。」

「那另外還有兩個皇子，難道九天玄女沒有理會嗎？」芙蓉點點頭，旭世子的帝王之相自然重要，既然天意如此，九天玄女讓人跟在他們父子身邊她不意外，但是玄女是不是忘記了皇帝老頭子還有其他的兒子？

「那兩位當中有一位必定不會有事，否則姬英早已失控。」

「欸？」

季芑像是位耐性十足的兄長般溫柔的看著芙蓉，解答問題之前他忍不住掏出一條純白的手帕替芙蓉擦掉頭上的血跡。

芙蓉不好意思的伸手接過自己擦臉，順便看到手帕上的柳葉刺繡。看到這個的時候芙蓉不禁嘴角抽了一抽，心情有驚訝、有意外。潼兒拿出有繡花的手帕是因為他在男扮女裝，東西也是王府一律發下的繡品，和他本人手藝沒半點關係，但季芑應該是男人吧？

一個大男人身上帶著繡花荷包也說得過去，但是繡花手絹就讓人難以接受了，更別說那手絹上除了柳枝還有一整片的鮮花耶！一個男人拿出這種手帕擦汗也太驚人了吧？

芙蓉疑惑的看向季芑的胸口，那平坦沒有弧度的胸部別說像女人般凹凸有致了，當是男人也是缺乏胸肌的那一種。

不會是女人，不然也太悲劇了。芙蓉告訴自己千萬不要追問人家性別免得尷尬。

「那會是誰？」

「剩下的兩位皇子中，妳覺得姬英在幫的是誰？」

「四皇子！」芙蓉不用考慮就直接回答了。當今皇帝的六個兒子中，最年長的嫡出太子已逝，剩下的二皇子、五皇子分別有她和季芑看著，兩人也不會是姬英支持的對象。

而剩下排行第三的李崇文已經首當其衝的被姬英親手搞殘，再往下數就只剩下兩個，最小的那個才剛剛成年，連王妃也沒娶，怎樣看都不是現在可以捧上龍座的人選。

「我可不是這樣認為。」

「咦？」

「只是不知道為什麼姬英會認定是他。」

季芑自顧自說的話，芙蓉一點也聽不明白，她開始懷疑自己的接收能力出現了問題。

轟的一聲，一道黑影被擲到芙蓉和季芑身邊不遠處的屋牆殘骸上，芙蓉一下子全身的寒毛像感應到什麼的豎了起來，手一動長鞭已經握在手中，在季芑把她拉開的同時，芙蓉已經把長鞭甩了出去。

天尊親手打造的寶具發揮了它強大的攻擊力，煙塵之後正向他們撲來的東西被一鞭為二。

「哦！」芙蓉看到戰果也不敢想像這是她揮出去的一擊，難道她不知不覺中啟動了必殺技也不知道？

「還在發呆！妳這笨蛋！」把屋牆的破洞擴建不少的塗山渾身上下沾滿了灰塵，連一頭黑髮都蒙上了一層灰白，平日注重外表的他現在也顧不得外表有礙觀瞻，手一伸就把芙蓉和季芑扯到一邊去，然後手一揮又是一道白色狐火殺到姬英的方向。

在塵土還有狐火阻礙著部分視線，芙蓉只隱約看到煙塵之後的姬英好像有點不對勁，還沒來得及弄清楚是什麼不對勁時她感到腰間一緊，下一秒人已經被扯了出去。

芙蓉慘叫了一聲，在她成為拋物線之前，塗山很有義氣的捉緊她的手，他的氣力不小，導致芙蓉在中間被兩道力量左右拉扯，除了慘叫她想不出可以怎樣做了。

「放手！放手！我要死了！」

「我真的放手妳就真的要死了！看看妳的腰！」塗山氣急敗壞的吼著。

芙蓉忍著腰上逐步收緊的力量和手被拉住的痛往腰間一看，不看還好，一看之下她的慘叫飛昇了好幾個層次。

「蛇呀！」

芙蓉除了地府的大人物外，蛇也是她不喜歡的物種之一。

五 屬於他們的過去……

蛇這種生物冷冰冰的，樣子不好看，而且給人一種陰濕的感覺。就像是形容壞人聚在一起會說蛇鼠一窩，充分的表現出蛇給人多麼負面的感覺。

或許有人會覺得蛇也有可愛的一面，但是這份心情芙蓉目前是沒有心思去慢慢體會了。慘叫過後芙蓉只能選擇面對現實，捲在她腰上那手臂粗的蛇身是絕對不會因為她的尖叫而慷慨的放她自由，世上絕不可能有這麼便宜的好事。

因為厭惡所以芙蓉紅了眼眶，如果細心留意的話，更會發現她身上外露的皮膚上所有的寒毛都豎了起來。她求救的眼神拋向塗山，對方已經很盡力的拉住她，不讓她成為對方的囊中之物，但恐怕這樣僵持下去芙蓉應該會先被勒死。

塗山和季芑兩人臉上難掩焦急，既然他們都在芙蓉的視線範圍內，所以這條蛇是打哪裡來的只有一個解釋，芙蓉實在不敢往身後看過去，感覺絕不會是什麼好東西，而且九成看完她一定會倒胃口。但好奇心大多時間都會伴著犯賤的後果而來，心裡越說不要看，芙蓉的頭卻已經率先轉了過去，然後再以會扭斷脖子的力度轉回來。

「塗……塗山……我還以為她是蝶妖？」咬著牙忍著腰間被勒緊的痛，芙蓉埋怨似的看向塗山，雖然從沒有人在她面前說過姬英的來歷，但根據之前看到的她不可能是蛇妖吧！

天呀！現在纏在她腰上的可以說是姬英的一隻手呀！

具體的想像了一下之後，芙蓉開始有想吐的感覺。她真的不是歧視妖怪的原形，只是她一向不喜歡蛇或是蜘蛛之類的生物，二來她喜愛的是漂亮又正常的東西，第三她不可能對一隻半人半蛇半蝶的妖怪、且正在對付自己的敵人生出好感！

「我認識她時，她的確是蝶妖沒錯。」塗山也覺得被埋怨得很鬱悶，難道她沒看到剛才他也是被打飛的一分子嗎？要是他一早知道姬英是變種的，他也不用吃虧了。

一直沒出聲的季芑身影一閃，像是沒有重量似的掠到芙蓉身邊，芙蓉還以為他要做什麼時卻看到季芑手上多了一把同樣是銀色的匕首，而且手起刀落的就往她的腰上刺。

「殺人呀！」

芙蓉看到那蛇身被戳破一個大大的血洞，隨著季芑把匕首拔出來，血也跟著一起噴。不過血是往外噴的，大部分都噴到一身雪白的季芑身上，芙蓉身上卻還一如之前般整潔。

而近距離看到血花亂噴的畫面，芙蓉尖叫之餘不忘反手抓向正捉住她的塗山，她的指甲是沒有留太長，但是這麼要命的用力抓在塗山的手上，指甲更是入肉三分。

「妳鬼叫什麼！痛呀！」

芙蓉的尖叫引來塗山的怒吼，他痛得想要縮手，但芙蓉仍抓著他不放，兩人拉扯了兩下突然芙蓉腰上一鬆，她整個人失去平衡撞到塗山身上，兩人一起跌進了瓦礫堆中而且還是塗山墊底。

塗山發出一記悶哼，他覺得自己的背應該受了重傷，咬著牙把撞得頭暈眼花的芙蓉從身上推到旁邊，塗山不相信姬英這麼仁慈放芙蓉生路，那幾個血洞是季芑刺出來的，姬英怎可能忍得住不對季芑下手。

塗山原本真的是打算幫忙的，好歹季芑也是他的舊識，不能眼睜睜的看他被姬英手起刀落，季芑一個人打不過姬英的，即使他有那防禦的寶貝也不一定能在異變的姬英手上拿到甜頭。

鬆開了芙蓉的蛇身帶著鮮血像鞭子一樣揮向季芑，季芑操縱身前的銀柳葉試圖讓蛇身停下來，但結果卻是連人帶葉片被揮到遠處，塗山飛快的追了上去，勉強把季芑接住，同時以狐火還擊。明知道姬英突然把目標轉為季芑目的就是把他引開，他大可由得季芑被打飛，任由季芑在地上滑行飛到老遠，但是他沒辦法見死不救。塗山知道自己不能走離芙蓉的身邊，但他還是這樣做了。

「就是妳這個多餘的女仙嗎?在我的計畫中不應該出現的人物。」在把季芑像垃圾般打飛出去後，姬英一個閃身來到芙蓉的面前，那隻被戳出血洞的蛇手慢慢變回人類人臂的形狀。

與芙蓉之間只剩下兩步距離，但她卻停下來了。姬英皺了皺眉，不明白自己為什麼在大好形勢下竟然會選擇在兩步前停下來。她本來打算一手掐死這個多餘的女仙的。管她是為了什麼目的下凡，現在她就是看不順眼，為什麼這個女仙還活蹦亂跳的站在她面前？

但是還有兩步，她卻有一種不想再接近的感覺，更讓她不自覺的停下了腳步。

「過獎了，妳也是我預想中多出來的閒雜人等呢！」不服輸的嗆了回去，芙蓉佔著口舌之爭的上風，手上的長鞭握得死緊，另一手也不忙摸出自家製的煉丹成品。

「妳手上的傷為什麼好了？」

「妳問我就要老實回答的話，妳真是當我白痴了？」芙蓉一直小心的戒備，心神也鎖定在自己藏在袖子下的百寶袋中，這麼近的距離靠鞭術拯救自己的機會太過渺茫，所以她打算來個雷迅不及掩耳的突襲，她手上還拿著鞭子，但如果這鞭子突然變成了一把短刀呢？

為了切人參片，她的短刀可是隨身攜帶的呀！

「牙尖嘴利！」

兩人的針鋒相對只是眨眼之間，眼看她們倆就要動手，被塗山救下來的季芑卻氣急敗壞的把塗山推開，也不理自己身上的傷勢就要把人趕回去。

「你別亂動！」塗山的壞脾氣也上來了，他也是剛剛才把身子剎停穩住，連氣也來不及先換一口就被人趕著去下一場，他今天的勞動量也過頭了吧！

都是芙蓉這丫頭一聲不響闖進來的緣故！回去不好好教訓她他就改名不叫塗山了！

「我沒事……你去幫芙蓉，她打不過姬英的……」

「嘖！」滿心的鬱悶無從發洩，塗山黑著一張臉趕回去芙蓉那邊。

只可惜既然這是姬英設計的陷阱，她又怎麼可能等到塗山趕回來才動手？雖然她不知道為什麼自己會對這個看上去沒什麼大用的女仙生出忌憚的感覺，但是人就在自己兩步之前，只要伸手就是手到拿來的獵物，不動手還待何時？

就是因為她這樣的想法，當她動手的那一刻，芙蓉也跟著動手！雖然芙蓉是被動的那一方，但是她想出來的這個奇襲卻是意外的有效，一瞬間收起鞭子換成了短刀，芙蓉的刀法很一般，但是利器在手又是突擊，她還是成功的在姬英附有鱗片的手臂上留下了一條頗深的刀痕。

血花四濺，芙蓉的一擊不忘把自己的護身罡氣加進這道攻擊中，對方先前用邪氣入體害她痛了好幾天，這次也該輪到她讓對方難受一下了。而被劃了一刀的姬英眼中的怒意更盛，她吃了個大虧，畢竟芙蓉的這一記攻擊不是她能立刻破解掉的，光是餘勢也夠她受的了。

姬英的如意算盤打得啪啪作響，而芙蓉也做好了準備承受一擊，不過她還有一個心眼，砍對方一刀不夠，她左手上還有一瓶危險品可以用！

姬英如利刃般的手指只差一點就揮到芙蓉的臉旁，芙蓉下意識的躲開，可她不是武林高手，以她的武術能不被這一擊割斷喉嚨已是萬幸，但是毀容恐怕是逃不了。

「塗山快點！」撫著自己的胸口、呼吸有點困難的季芑奮力大喊，但是塗山還有十幾米的距離才能趕到芙蓉的身邊，眼看是來不及了。

季芑不敢想像如果讓「那一位」知道這件事會如何震怒，姬英是罪大惡極，但他還是希望她最後能有一線生機，讓她活著贖罪比奪了她的性命要好。可是若芙蓉在此刻出了什麼意外，恐怕「那一位」的震怒會把姬英最後一線生機給斷了。作為過去的友人，季芑不忍心呀！

「你當我能瞬間轉移嗎？」塗山吼了回去，他也很焦急，可距離還太遠了，他匆忙的用狐火向姬英攻擊，但始終差了那麼一點點。

一聲慘叫和飛洩的白光亮起，那道刺眼的白光並非塗山操縱的狐火。連塗山也是愕然的看著面前的情況，那聲尖叫他認得出來是屬於芙蓉的，叫得那麼慘想必身受重擊，她不會是撐不住來個靈氣大爆發吧？

冷汗滑下塗山的頰邊，現在他心裡慌亂的感覺可不下於看到李崇禮被姬英的邪氣影響倒下之時，萬一芙蓉有什麼事他自己也會良心不安的，再說回去怎樣跟李崇禮說？

這個下凡來幫他的女仙殉職了？他受得了嗎？

白光之中，一道暗影蠕動著往塗山這邊來，塗山一雙眼都紅了，出了這樣的事後能若無其事走出來的一定是姬英，這次他不殺了她怎麼行！

殺意驟起，塗山敢說只要出來的人是姬英，他就會立即下殺手！

那道影子越來越清晰，塗山握了握拳又鬆開，指關節發出咯咯的聲響。殺一個犯下大罪的妖邪不應該有心理負擔，塗山這樣告訴自己，試圖說服自己忘掉姬英是故友這一點。從那天分道揚鑣開始，塗山覺得姬英已經沒有把他們二人任何一個當成是朋友，因為他們還活著，而她的霜离死了。

「咳咳……」

一條手臂從白光燦燦的亮光中攀了出來，爬在地上活像什麼恐怖生物要從地獄爬出來似的，如果背景不是一團白色亮光而是幽暗的黑色，塗山覺得氣氛會更好。

踏前了一步，塗山只差一點就把殺招使出，但那連著手臂出現的嫩紅色衣袖卻讓他眼前一亮。

那是芙蓉衣服的顏色！一抹喜意掠上心頭，芙蓉沒事自然好，但塗山也得見著了她的臉才能放心接近，就怕這條爬行中的手臂是姬英假扮的。兵不厭詐，這種事姬英為了目的肯定不介意做！

「嚇……嚇死我了……」

趴在地上一步步的爬了出來，當芙蓉那個已經變成鬆散的包包頭出現在塗山的視線時，她還來不及爬起來、吐出下一句咒罵，手臂已經被人拉起，在嚇了一跳連叫都不懂的瞬間便被人抱了在懷裡還高速狂奔，自然反應下芙蓉伸手捉住距離自己最近的支撐物，兩條手臂怕死的勒了過去。

高速跑離剛才那位置的塗山只覺得自己脖子一緊，接著差點眼前一黑連意識都要飄遠了。

「嗚……妳是想勒死我嗎！」塗山咬著牙說，說完這句他真的覺得自己出氣多入氣少了。即使他有千年道行，不能呼吸也是會死的！

而且塗山絕對相信，如果不快快讓這個要掐死他的凖凶手冷靜下來，在斷氣之前他一定會先試試失聰的滋味，芙蓉這丫頭的尖叫經常都能達到震耳欲聾的效果。

「別、別跑這麼快！我跌啦！」

「現在好像是我抱著妳？跌妳的頭！」好心遭雷劈！他是去救人，人到手了還不辭勞苦的把人帶到安全位置，竟然還被嫌跑得快，害她抓不穩了？他現在脖子上的五指紅印還真是來得冤枉！

眨幾眼的時間，塗山已經把芙蓉帶到季芑所在的位置，氣憤的把她放到地上——也可以說他差不多是用扔的。這時，塗山才認真的看了一眼芙蓉現在的模樣。

除了衣裝比較狼狽之外，頭和手腳都完好無缺的黏在身上，那雙大眼睛還炯炯有神的在瞪他，可見剛才姬英那一擊沒有對她造成絲毫影響。

這不可能。

塗山皺起了眉，思索著當中的緣由，芙蓉的實力不可能在剛才的情況下毫髮無傷呀！

「妳沒受傷吧？」季芑扶著芙蓉站起身，他的紗帽已經報銷，露出真面目來，在陽光下泛著綠彩的頭髮把他因為受傷而青白的臉色映得更青了。

「我沒事，剛才把那黑玉瓶丟出去時，我還以為少說我也得毀容。」芙蓉拍拍心口定驚，現在逃出生天她也是一陣後怕。

剛才還差幾毫釐，從她脖子到臉上就得多一道長長的疤了！

「黑玉瓶？那團白光是妳那瓶東西弄出來的？」

「應該不是……瓶子裡裝的是那種你見過的……腐蝕液體。我也弄不出這種厲害的必殺技啦！」要從自己的嘴巴說出自己的成品是腐蝕液體還真是心痛，可是現在不是玩的時候，該交代的她還是好好交代為妙。

連她也不知道那把姬英擋住的白光是什麼東西，隱約她是看到一個模糊的人影，還沒看清楚白光就炸了開來，視線中一切都變成白色，什麼都看不到了。

面對這突如其來的情況，芙蓉當時第一個反應是尖叫一聲，然後她就感到自己被人輕輕的推了一把，人就輕輕的趴在地上，還到了白光覆蓋範圍的邊緣。

「想也應該不是，妳製造的那些東西扔出去應該是冒黑光還出現骷髏頭才對。」塗山說得認真，神情凝重的看向白光的範圍，那裡靜悄悄的沒有任何聲響，但是姬英的氣息仍在，似乎白光的出現沒有對她造成致命打擊。

「你這是人話嗎！」芙蓉聽得氣結，那骷髏頭的形容太失禮了！簡直是把她的成品當是地底泥般踐踏！

雖然不合時宜，但她真的想張牙舞爪的撲向塗山要一個交代，但是白光團的方向卻突然爆出強大的靈氣，別人或許感覺不出來這靈氣有何特別，但芙蓉卻是知道的。

她天生對靈氣的敏感度告訴她，這道被小心偽裝過的氣息她是認識的！

芙蓉將手放在自己的胸口，衣襟下是那片東陽藍石的雕飾。這動作是下意識的，像是手上想抓著什麼讓自己安心，又像是察覺到了什麼，但此時此刻芙蓉的心思都沒有放在這上面，一雙眼睛緊張的看向光團的方向。

那邊的靈氣激盪，就像是蘊釀最強一擊似的。

「我的法術不能再撐太久。裂痕越來越多了，不到一刻就會被破。」季芑凝重的說，作為這次隔離法術的施術者，他清楚的感覺到法術已經搖搖欲墜了。

「那我們準備撤吧！」塗山自己也是一身狼狽，但比起一身是血的季芑或是衣衫襤褸的芙蓉，塗山一身黑袍倒是令人覺得他十分整潔。

白光再一次炸開，在強光退去的時候，季芑的法術也整個破碎，塗山左手挾著季芑、右手抓著芙蓉飛快的退走，不敢留在原地。

被破壞得體無完膚的屋牆下，白光消失後姬英的身影也出現在三人的眼前。那站不穩，隱約看到她不停的在咳血，如果現在上前補上最後一擊，或許會受到對方絕地反撲的捨命攻擊，但卻是把她剷除的大好機會。

塗山猶豫了。

「算吧！塗山，今天本就不是她命盡之日。」聲音中包含著不捨，季芑捉住塗山的手臂，盡他現在最大的能力阻止塗山回頭。即使立場不同，他也希望塗山和姬英能活著，千年前結下的友情他不希望再少一個了。

「我也是這樣覺得，如果你先下手為強把九天玄女的獵物處理掉，你一定會後悔的。」芙蓉也插嘴幫著季芑說話，她沒說出口的是她覺得那道白光中的人影是故意放姬英一條生路的，不然要殺掉姬英應該只是易如反掌的事。

沒有實質證據，但芙蓉這樣堅信著。而胸口的東陽藍石隨著白光的消失一熱，更讓芙蓉肯定了這個想法。

塗山皺著眉頭想了一下後嘆了口氣，他們兩人的阻止其實是把他的一部分心聲說了出來，他嘴上說要殺了姬英，但到真正要下手時，他是不是真的能手起刀落？

錯失了追擊的時間，姬英也負傷逃走，目測看過去她所受的外傷沒多少，但是她身上的妖氣卻比之前弱上了許多，看來白光中她所受的傷都是針對她的神魂，這種傷會讓她實力驟減，需要長年累月靜修才能痊癒。

或許這對姬英來說是個收手的契機。她受了傷，妖氣明顯減弱的改變瞞不過塗山和季芑的眼。姬英留下惡狠狠的一瞪後負傷遁逃，他們目送著她離去。

※　※　※

原本應該是三個修行上千年的仙妖驚天動地的大決戰，結果卻以這種無法解釋的詭異狀況收場，各人都沒有從這一場可能已經等待了很久的大戰拿到任何的甜頭。正的一方沒有把敵人打倒，邪的一方也沒如計畫般成功向目標人物下手，反而是跑來八卦的那個成功的聽到一點點內幕。

「事情告一段落了！」芙蓉小心翼翼的想把自己的手臂從塗山手中挪開，可是她一動，臂上立即一緊。

她不說還好，一出聲就讓塗山記起了她是多麼冒失的跑進來。

「想逃沒這麼容易，我等會先慢慢炮製妳！」塗山一雙紅眼閃著危險，芙蓉都覺得他抓住自己手臂的手指甲好像瞬間變長了，而塗山的嘴邊也好像多了尖尖的犬牙。

芙蓉縮了縮脖子，目光四處游離就是不敢看向塗山，連被塗山押著往皇宮去她也不敢反抗。誰叫她被抓包了，而且是當場人贓俱獲，連想要賴裝傻的機會也沒有。

芙蓉知道塗山一來是為了送季芑回去所以先去皇宮，二來就是因為她，要教訓她還是不在李崇禮眼前較好，不然李崇禮一定會開口替她求情，那塗山就不能狠狠的教訓她了。雖然覺得自己接下來會被扒了一層皮，但芙蓉卻沒有辦法掙脫塗山的掛制。

在到皇宮的路途上，三個人都沒有說話，緩緩的掠過天空飛去。

在季芑的指示下，他們三個來到皇宮長生殿的後方，這裡距離皇帝睡覺的寢殿就只隔了一條渡廊，而且這是一個乘涼用的四面通風的涼殿，四周沒牆，就幾根梁柱和掛著的紗帳而已。

季芑竟然說他這陣子就住在這裡。

住？沒牆的哦？

芙蓉看傻了眼，即使皇宮人多比較難完美的掩人耳目，但找個空房間住一下也不是難事吧！再說，仙人多的是神不知鬼不覺的方法徵用凡人的地方，季芑有必要在這空空如也的地方住嗎？

芙蓉差點就開口問了季芑這個會令人難堪的話題，連塗山也有一個房間使用呀！雖然被她放了很多和塗山沒有關係的東西進去，但他們總算是有一個有屋頂、有牆有門的小基地。

看看季芑這個暫住的地方算什麼？連家徒四壁四個字也用不上，這裡連一面牆都沒有，雖是皇宮之內，但住在這裡和露宿只是多了一個有屋頂的分別。

「九天玄女這是虐待呀……」芙蓉喃喃地說，連在自己手底下工作的人的住所都沒安排好，芙蓉先給九天玄女扣了個刻薄的帽子，接下來在心裡又多扣了幾頂冷血、沒人性、涼薄的大帽子。

「你的傷沒事吧？」塗山硬是裝得冷冷的問了這一句。來到安全的地方後，他也受不了自己邋遢的樣子，一頭吹得開始回復鐵絲原狀的頭髮他乾脆綁了起來，身上滿是塵土的外袍也脫了下來扔到一旁去。他對季芑住的地方是什麼樣子倒是沒有任何意見，也沒有加入芙蓉的嘀咕之中。

「沒事，只是一些皮肉傷。」季芑看了看自己一身已經變得鏽紅的血跡嘆了口氣，他是偏向注重法術陣法等修行的仙人，武力較低，本以為這次出面阻止姬英對李崇溫下手說不定得把自己賠進去，怎料塗山竟然會剛好追蹤到來。

「嗯。」只是簡單的應了一下，塗山一雙眼立即升起兩簇怒火瞪向芙蓉，讓正想重梳自己已經散得不能再散的髮髻的手僵住了。

「我自首！自首可以減刑！」芙蓉趕在塗山開口前先舉手投訴，認衰而已有什麼不敢的，總好過硬頸不認然後被狠狠教訓。

「妳也知道自己做錯事呀？嗯？」

「誰叫你都不回王府，我想找你也沒辦法嘛！難得發現了你的蹤跡，我不追過來才奇怪吧！」

芙蓉這話回得可圈可點，不知原由的人光聽對話恐怕會想偏，以為芙蓉閨怨深重了。

「發現了妳在外邊等不成嗎？還潛進來？妳什麼實力呀？潛進來不是連渣都沒有了嗎？」

芙蓉由得塗山罵，最重要的是希望他別問她是怎樣潛進去的。幸好塗山也很識趣沒有問下去，不斷的以少根筋、白痴等字眼來批評芙蓉這次過分大膽的行動，她沒給反應他自然就繼續罵，反而是季芑聽不下去勸停了塗山。

見塗山沒有立即教訓自己的意圖，芙蓉大著膽子湊到攻擊性相對比塗山低的季芑身邊，她半點支吾都沒有，劈頭就切入了正題，開口問了霜离和白楊是誰。

聽到這兩個名字，塗山和季芑的臉色都不是太好看，塗山的臉色更是可以用黑過墨斗來形容，而季芑則一臉的懷念和落寞。

「塗山，李崇禮是白楊的後人？那白楊到底是誰？」他們的反應證實當中的故事恐怕不太愉快，壯了壯膽，芙蓉硬著頭皮追問了。

「妳門路這麼多，自己去打探不就行了嗎？」塗山語氣不善，邊說還警告般的瞪了芙蓉一眼。

「哼！你以為我沒有嗎？」被塗山罵了這麼久本已經有氣，她的耐性也差不多消耗殆盡了，她做這麼多就是為了知道塗山和季芑兩人與姬英的關係，現在被她知道一點點線索再讓她放棄不問，怎麼可能？

她和季芑不熟，所以不好意思追問下去，但塗山這個熟人不在此列！他瞪，她就瞪回去！反正瞪不瞪他都會教訓她的，既然都要被扁了她當然不願再吃虧，先瞪個夠本！

她的厚臉皮也是仙界小輩中的一絕，大大聲告訴別人她有去打聽過八卦這種事，也只有她能光明正大的說出來，換了是別人恐怕絕對會覺得羞愧，哪會說得這麼理直氣壯？

無視塗山氣得嘴角抽搐，芙蓉就是用她那雙閃眼的大眼睛看著他，眼中透著問不到想要的事她絕不罷休的決心。

「既然妳問過人了，何必再問我？」

「東王公不肯說，說要讓我自己問你。」這話回得底氣十足，活像是東王公命令她來問似的。

「所以妳就做出這麼危險的潛入行動嗎？東王公說一句，妳就不用腦子想想後果嗎？」

「別把我說得像是個不用腦的白痴！東王公說了，從他口中把事情說出來不好，我現在不就很尊重你親自來問了嗎？」

塗山聽得氣結，人家東王公好好的說一句不方便由外人說，當中就一定是叫妳自己去查去問的嗎？怎麼就不可以是叫妳不要追查下去嗎？

這算是他的私隱吧？他有權利選擇不說吧！

「妳有沒有考慮過我不想說？」

「沒有。為了大局，塗山你一定會說的。」

芙蓉說得異常篤定，表情也像是挾有什麼大義名分似的，看得季芑忍不住笑了。

「塗山要是不想說，那就由我說好了。」

「我無所謂，只要你們當事人說就成了。」芙蓉一臉大方的點點頭，惹得心情不快的塗山無法再忍，一手抓住芙蓉的頭頂，嘴上恐嚇著要抓爆她天靈蓋，把她拖到一邊。

「殺人呀！救命呀！」這兩句求救的話芙蓉做做樣子的喊個夠，他手上的動作雖然粗暴，但是其實她不覺得他有用重手，所以也不痛。她偷瞄了塗山一眼，他的臉部表情也不像是盛怒，說他生氣不如說他是不知所措。

「妳知道了又怎樣？」把人挾到遠離涼殿的地方後塗山終於放手，雖然他沒有多用力，但芙蓉頭上也留下一個詭異的五指紅印了。

「塗山你和季芑一樣，臉上擺出一副要把姬英置之死地的模樣，其實還是在心軟。」

「難道妳就不會心慈手軟？女仙大人。」塗山這話充滿了諷刺，明說著芙蓉剛才的話不中聽。

「斬妖除魔乃修道之人該做的事，該狠心的時候自會狠心。」

「妳少裝了。憑妳這丫頭裝腔作勢說這種大話有用嗎？」

「你管我！」

抬頭挺胸扠腰，芙蓉就是一副你奈我何的欠揍模樣，反而把塗山不知從何說起的心情打個粉碎。面對芙蓉這個耍賴的丫頭，除了沒好氣外，他也想不出給她什麼反應了。

塗山嘆了口氣，說道：「白楊和霜离可說是我們的朋友，也算是救命恩人。」

「你怎麼突然又願意說了？」

「與其讓妳不斷煩我，我不說、妳又自己想像一個更加不堪的故事，我不如早早說完更好。」

「什麼不堪？把我說成什麼東西了？」芙蓉不滿的說，但一雙眼睛閃著八卦的光線，巴巴的眨眼看著塗山的臉。「你接著說下去。」

「妳……」塗山想罵幾句，但心想只怕會沒完沒了，咬了咬牙，還是決定自己如實招來就好了。「如妳所見，我是修行千年的狐仙，妳也知道季芑一樣是千年道行的仙人，而當時還有另外兩個同樣是修行中的同伴。」

「是那個霜离和白楊嗎？」

「白楊只是個普通人，那兩個同伴是霜离和姬英。」塗山露出一副妳是笨蛋的表情，不過正熱衷於八卦的某人已經無視這種視線的攻擊了。

「千年以前我們也只是弱小的妖精，即使能化形也不像現在這樣完美。我最初認識的是白楊和季芑。」

塗山緩緩的開始說著千年前的事，他和芙蓉就坐在長生殿其中一座殿閣的樓梯前，烈日被屋簷稍微遮擋，雖然沒有季芑那邊掛滿了輕紗營造的幾分詩意，但也不失為一個不錯的乘涼地點。

塗山的故事一開始不算太突出，四個年齡、修行差不多的妖精認識成為朋友，又透過其中一人認識了白楊這個普通人，而四人之中就屬季芑和塗山與白楊的感情最好。人與妖不同，他們四個自然會與白楊死別。如果白楊是年老死去的話，塗山和季芑心裡或許不會有太多的遺憾留下……

芙蓉閉上嘴靜靜的聽著塗山緩緩道來，回憶這種帶著傷痛的記憶不是愉快的事，他願意說出口已經很好了。

唯一令芙蓉在意的是，白楊的死似乎是因為那名叫霜离的疏忽。友人死亡，他們自然想要找辦法補救，也沒有多想人死不能復生的問題。而一次意外，霜离死了，留下戀慕著他的姬英。

聽到這裡，芙蓉大概明白了為什麼剛才塗山和季芑跟姬英的對話會是這樣子——姬英把他們兩人還有白楊這個早已經作古的人當作是害死霜离的間接凶手，所以要和他們兩個敵對並不出奇。

她欲對付李崇禮這個被塗山保護的白楊後人還說得過去，說她因為看李崇禮不順眼而利用孫明尚，再於宮中找人做詛咒等事也說得通，但她再不待見塗山和季芑兩人也犯不著跑去動凡間皇權的核心吧？這不是擺明著要和仙界過不去嗎？而且既然塗山可以知道李崇禮是白楊不知多少代的後人，那姬英怎麼可能會不知道，真要害他，她早早就能讓白楊絕子絕孫了！

所以姬英一開始的目的應該不是找白楊的後人報復這麼簡單，但她對那張龍椅下手的理由是什麼？即使姬英不去阻撓李崇禮爭太子之位，以那位王爺的個性，恐怕也不可能爭得贏呀？

接著芙蓉又再自己推測了一下，姬英是不是擔心萬一李崇禮當上皇帝，身上添加了紫微之氣，他和他的後人自有紫微帝君庇佑，她之後就不能找白楊的後人尋仇了？

越想越覺得有可能了。

六
淡定仙人的絕招是……

呀！芙蓉突然想起一件事，剛才一片混亂讓她差點忘記了！

季芑說過剩下的兩名皇子中，其中一個姬英是絕對不會對他動手的，還讓她猜到底會是哪一個，這麼說，姬英干預太子之爭是有其實實在在的目的嗎？

四皇子和六皇子二人，芙蓉對他們的瞭解不多，就只是知道一些簡單的資料，臉也只是有個印象而已。如果姬英真的是為了他們其中一個登上龍座而策畫這一切，那麼太子之位的爭鬥已經變得白熱化的現在，即使她受傷、實力大減，恐怕還是不會收手，而是會更加不擇手段把事情徹底的進行下去吧？

「我說的這些往事有什麼讓妳需要沉思的內容嗎？」

原本以為自己說完這些陳年舊事後，少不了會被芙蓉這個八卦丫頭繼續追問細節，所以當中有些事情他沒有說得很詳細，只是輕輕帶過，就是想萬一芙蓉問起來時再說，不問就乾脆不了了之。

理論上應該是這樣，但是塗山沒想過芙蓉竟然沒有追問任何問題，反而是陷入沉思之中。

回憶一下自己說過的內容，當中真的沒有什麼太特別的事呀！現在她什麼都不問，反而是他覺得彆扭了。

「我說塗山，你覺得姬英是為了四皇子還是六皇子這樣做？」

「嗯？」芙蓉這個問題讓他愣了一下，「怎麼突然這樣問了？」

「季芑這樣問過我。」

「什麼時候的事？」

「你像大型垃圾般被姬英扔出來砸牆的時候。」

芙蓉很具體的說完後，塗山的臉色變得十分難看，甚至扔下她以颱風的速度直直衝回去季芑所在的地方。

芙蓉檢討一下自己是不是太坦白，或許下一次不要這麼老實說他像垃圾被扔開比較好。

「唉……」她嘆了口氣，沒想到季芑都和她提起了，但竟然沒有告訴塗山。

當塗山反問時芙蓉就知道自己說漏嘴了。她的多嘴是無心之失，天知道他們兩個都一起圍毆姬英了，竟然什麼都沒有交流過呀！

要是文弱型的季芑被塗山打成重傷，她會有點良心不安的。塗山動怒的話，季芑應該會被揍至不似人形，一看就知道季芑不耐打。

「討厭呀！我有種被人架上神臺上的感覺了！」沒保護好消息來源，傳了出去哪還會有人願意當她的線人？更別說安心的把小道消息和祕聞告訴她了。

自己多嘴是一事，但四皇子、六皇子和姬英的關係一事與其說是她說漏嘴，不如說是季芑故意借她的嘴去告訴塗山。

越想就越有這樣的感覺，想不到季芑外表老老實實，原來也有點心眼呀！把腳步收慢了一點，芙蓉決定還是讓塗山先揍季芑兩拳好了。

她用逛花園的悠閒速度回到那風涼水冷的涼殿，芙蓉也只是比塗山慢上一點，她遠遠就看到那一白一灰黑的人影一個坐著一個站著。

他們走開的時候季芑早已經換下了一身沾血的衣物，又是一身清爽潔白的坐在涼殿一角，他本來看著涼殿外布置得很精緻的小庭園，在聽到塗山略重的腳步聲後才緩緩轉頭，了然的看著塗山。

「我知道我們需要談一談，不過在那之前，塗山你還是先整理一下儀容吧？」

「你是嫌我現在失禮你？」

「不是。你不願換身衣服也沒問題，只是給芙蓉一點時間吧！不然九天玄女回來看到你們這個樣子，免不了又會有刺耳的話要聽了。」季芑苦笑了一下，平心而論塗山和芙蓉在外觀上是有點狼狽，他個人不介意，但是看在九天玄女眼中恐怕就是容不下的沙子般的礙眼了。再加上他能肯定九天玄女的心情不會太好，所以還是先把可能發生衝突的種子處理掉吧。

「什麼刺耳的話？」

芙蓉本擔心原來已經打算找季芑尋仇的塗山聽完這句後更會怒氣攻心，直接殺到季芑面前揪起對方的衣領，直接把對方從坐著變成飄在半空，但意外的是，塗山不善的語氣在聽到九天玄女的名字後收斂起來，還轉過身打了個眼色給她讓她照著辦。

「原來你和我一樣怕九天玄女嗎？」芙蓉問得很坦白，坦白得讓塗山動手打了她的頭一記，她痛呼抱著頭去找宮殿更衣。

衣服在隨身的百寶袋裡就有了，換裝也花不了多少時間，當芙蓉重新以整潔的模樣回到季芑所在的涼殿時，塗山還沒出來。

芙蓉心想塗山大概是跑去皇帝的浴池梳洗了吧？他似乎是很喜歡泡澡慢慢洗的類型。

既然他還沒回來，她就先不客氣了。

「季芑，你是故意借我的嘴說那件事給塗山知道的嗎？」大步的走進涼殿坐到季芑的對面，連季芑遞來的茶都沒來得及接，芙蓉就先嘟囔著說了。

本想裝生氣的，但看到季芑的臉後，芙蓉就氣不出來了，想他應該也受過塗山不少氣，他也很可憐呀！

「瞞不過妳，這事要是從我嘴裡說出來，恐怕塗山半句也聽不入耳。」

「你這招好呀！好像是我想出這個問題，然後讓塗山自己來問你，利用我可不是免費的呀！你不要打算說聲抱歉就能了事哦！」

芙蓉擺出一張不好商量的表情，惹得季芑一陣失笑。看在他眼裡，現在芙蓉就像是個耍嘴皮向大人討玩具的小孩一樣。

「那妳想從我這裡聽些什麼？」

「塗山沒有告訴我為什麼他和你鬧翻了。」趁著當事人之一不在現場芙蓉趕緊問，要是等塗山出來她就沒有機會問了，在塗山面前季芑一定什麼都不願說的。

「他有跟妳說了最初認識白楊的是我嗎？」

和塗山談起往事的態度不同，季芑似乎對過去的事仍是有著很深的遺憾，比起塗山是接受了過去的種種，他給芙蓉的感覺卻是沒有放下過。

帶著這樣的心態還能成仙入了仙籍，沒有因為心魔的緣故走上魔道，已經很難得了。畢竟修行也不是那麼簡單的事，一個不慎是會出很大的麻煩的。

見到芙蓉點了點頭後，季芑微微的笑了，然後那淡淡的笑意又漸漸的消失殆盡。

季芑沉默了好一會兒，像是在思索要怎樣告訴芙蓉一樣。芙蓉也沒有催促，只是自己喝著茶，心裡也打定主意他要是不說也就算了。

季芑看著涼殿外的花園像是發著呆，但卻開口了。

「塗山認為比起他，我作為白楊的朋友更應該守望他的後人，最起碼要為了他的死而對他留下的後人盡一份力。但白楊死了，那是我第一次有不是妖仙身分的朋友死去，凡人的生命就是這麼短暫和脆弱，白楊的後人也是普通人，所以我害怕了。」

季芑說到這裡頓了一頓，本看著陽光明媚花園的雙眸半垂下來，長長的睫毛把他的眸子遮住，順道遮住了那一抹傷痛。

「塗山說我不應該逃避一次又一次的生離死別，更不應該選擇飛昇成為仙界的一分子。因為擁有了正式的仙籍，那一舉一動就被仙界的規條管束，白楊的後人真的陷入困難我也不能出手。」

芙蓉聽完不知道能說些什麼，她的生活圈子全是仙人，個個長生不死，根本就沒有機會讓她體會生離死別的感覺；接受著成長與生活環境的薰陶，她只會冷靜的認為是命該如此罷了。

沒經驗所以無從安慰，她只能盡力的用他們的角度去想，把自己代入他們的角色。

「我是錯了吧！」

「這種事有絕對的對錯嗎？不過塗山會這樣想我也能夠理解，一看就知道他是個會被感情沖昏頭的笨蛋。」芙蓉故意說得輕鬆一點，這事她是真的沒法認定誰是誰非。

「所以我從沒怪過塗山。的確是我的問題。」季芑黯然的低下頭，芙蓉的回答好像一個大槌子，把季芑原本已經有一半身體被埋在地下的現狀，再狠狠的敲了幾下，把整個人沒頂的敲進了地底，不見天日了。

「我也不是責備你的意思，你不用這麼沮喪吧？千萬別我在面前哭呀！我受不了男人的眼淚……」芙蓉有點吃驚的瞪大雙眼。

「男兒有淚不輕彈，這一點我還是做得到的。」

看著季芑的苦笑，芙蓉根本分不出他這話是不是在說笑，她也不敢哈哈笑著接下去。

正苦惱著再說些什麼岔開話題比較好時，跑去梳洗的塗山剛好回來，換了一身衣服神清氣爽的，那頭髮還半濕沒有完全擦乾，更別說他襟口都鬆開了一半，活像在自己家中剛泡著花瓣浴被人叫出來會客，身上隨便繫著的腰帶等等完全體現出反掌即可禍國殃民的狐狸精之姿。

恐怕即使塗山不化身成女人，以現在這個樣子走進皇帝的寢宮也能弄出美人滅國的禍事。

而且九成是皇帝想入非非卻被狐狸精打死的慘劇。

芙蓉為自己的想像打了個寒顫，同時她的嘴角也不自覺的抽了抽，塗山衣襟鬆開的闊度剛好讓她想起自己的糗事，再說她一個大姑娘在，塗山把胸口露了小半是要謀害她長針眼嗎？

雖有言非禮勿視，但人就坐在自己對面，想看不到也很難呀！

芙蓉突然發出像是吃東西哽著了的怪異聲音，臉色青白得像是被人掐著脖子呼吸困難，但偏偏耳根卻是紅透了。所以現在她可以證實昨晚東王公真的是看到了什麼，所以才會非禮勿視的轉過身去面壁吧？真的是糗大了！

「妳怎麼了？難道剛才受傷了？」季芑關心的問。

明顯等著興師問罪的塗山也扔了個詢問的眼神過去。

「皮外傷已經沒事了。」但是內心重傷呀！芙蓉心裡無限悲愴的說。潼兒是一起生活的小跟班也就算了，但是在塗山面前她絕對不可能把那麼丟臉的事說出來的！

剛才實在是內心打擊太大，一時之間都忘了面前有兩個千年妖怪在，要完美的瞞過他們可能有點難度，塗山那狐狸精就別說了，連季芑也好像看出了什麼似的。她的臉上真的這麼容易看出她心裡在想什麼嗎？

尷尬的沉默蔓延開來，芙蓉心虛的視線總不敢看向他們兩人，結果看不到他們一個翻了白眼，一個無奈又包容的笑了笑。

「有什麼不妥妳一定要說出來，之前妳的手……」季芑本想若無其事的岔開話題，把她的異狀當作是之前受傷的影響了事。

不過當事者似乎意會不到他的好意，手伸出來揮動了幾下，斬釘截鐵的表現著自己一點事都沒有，「手已經沒事了。」

「……」季芑以沉默來表達他的無奈。

「別理這個不著調的。先來解決我們的問題。」塗山撥了撥仍帶著濕意的頭髮，伸手把芙蓉擋著他視線的腦袋推到一邊去。

「誰是不著調的呀……」芙蓉小聲的抱怨，但被紅眼一瞪她連忙閉上嘴，乖乖的縮在自己的位子上不說話了。

季芑和塗山兩個有心病的沒有一個先開口說話，塗山明明已經快要被心中的疑問悶死，但他就是要擺出一副黑得像鑊底的死人臉，一雙紅眼只懂得瞪向季芑，但那張嘴就是死活不開。

難道先開口就輸了嗎？

你們兩個單獨的時候可以不停的說，湊在一起是變成負負得正，啞了嗎？

要不是芙蓉也想從季芑口中知道姬英到底是四皇子或六皇子的助力，她早就覺得這樣的等待完全是浪費時間，不如早早回王府去了。出來這麼久，趕回去恐怕也是趕不及熬傍晚給李崇禮的藥了，也不知道潼兒能不能把那些藥材處理好呀！

「難得這麼多人光臨這座長生殿，怎麼也不通知我一聲過來一聚呢？」

遠遠的從外面傳來一道中性的聲音，他們三人都有好好的在自己身上施放隱身法術，而且這長生殿外有著幾層由季芑還有九天玄女布下的結界，要能夠進來又可以看得見他們的人，這聲音的主人除了是她之外，沒有別人了。

芙蓉突然背心竄上一道惡寒，手臂上一顆顆雞皮疙瘩立即冒出來宣示存在感。包括她在內，涼殿中的三人不約而同以一張疑似踩到大便的臉轉向聲音傳來的方向，然後大家又很有默契的小聲抱怨了一下。

芙蓉和塗山不想見到九天玄女，但芙蓉沒想到連季芑也不例外，這位目前在九天玄女手下工作的仙人竟然是三人中臉色最不自然的一個！

「怎麼了？看到我有讓你們震驚到連反應也做不出來嗎？」

九天玄女一身男裝的武官打扮來到涼殿的梯級前，她一頭青絲梳起束了頭冠，垂下的長髮映襯著身為武官卻顯得太白皙的膚色，她一手扠腰一手握劍，站姿英姿煥發，這樣的形象絕對令官場同性無比嫉妒，而官家千金們則會拜倒其褲管之下。

比起上次大朝時見到她，芙蓉覺得今天的九天玄女好像更加閃眼。而她變得耀眼大都不是什麼好事，芙蓉記得九天玄女的光彩度是和危險性成正比的！

所以他們現在應該已經陷入了不知名的危機中……

「不是震驚……是絕對驚嚇吧！」芙蓉連嘴唇都不敢動的嘀咕著，一句話說得含糊不清，就怕九天玄女聽清楚了走上來把她消滅。

臉上掛著愉快笑容的九天玄女直接躍過涼殿外的雕欄走了上來，她像沒看到大家那張不願見她的表情，十分悠然自得的上前，站定在三人前面。

他們坐著她站著，以九天玄女在女仙中屬於高眺的身材，加上她微微上仰的臉，居高臨下看著大家的目光立即惹起塗山不滿的嘖了一聲。

「你們三個的組合真是新奇呢！季芑你不是應該隨二皇子出宮去的嗎？怎麼一身是傷的回來？」九天玄女似乎不是來與大家進行友好交流的，她一雙明眸只是瞄了眾人一圈，最後在芙蓉身上停留了一會兒，同時嘴角明顯再下彎了一下。

芙蓉下意識的連續打了幾個寒顫，心想自己難道又不知什麼時候得罪玄女了嗎？犯得著她故意在看向自己時撇嘴？自己明明就很小心的沒有把她和皇帝老頭子的斷背醜聞說出去呀！連潼兒她也沒說過呀！

不安的吞了下口水，芙蓉真是後悔自己沒有一早回去，還留在這裡等什麼呢！結果等出女魔頭了！

季芑被九天玄女刻薄的話語攻擊，芙蓉覺得自己完全可以明白季芑的感受，她這個過來人待在崑崙時經常被九天玄女逮住，她的說教方式和東嶽帝君南轅北轍。

比起帝君嚴肅的碎碎唸，九天玄女的說教令人半分暖意也感覺不到。她喜歡直接，說話狠辣，採取的是不屑的批評讓人羞愧。不過芙蓉已經練就一身厚臉皮，她比較怕九天玄女的法術多一點。

現在親眼目擊繼自己之後的另一位受害者，俗語說擁有共同的敵人就是朋友，所以芙蓉此刻對季芑生出了不少親切感，將來要是有一天她有能力辦一個針對九天玄女的「復仇者聯盟」，她一定會邀請季芑加入的！

季芑沒有就自己的傷勢說任何話，閉上嘴一副不想交代、即使撬他的嘴都沒用的樣子。芙蓉真

佩服他的忍耐力，面對九天玄女那種咄咄逼人的語氣加上興師問罪的嘴臉，凡是有脾氣的人，即使知道駁嘴會被教訓得更重，但氣在心頭絕對也是會忍不住回嘴的。

看看季芑多麼淡定，手上四平八穩的拿著茶杯，好像從沒聽到剛才九天玄女話中帶著的尖鋒般，淡淡定定的微笑把玄女的攻擊輕輕無視掉了。

「玄女娘娘要喝茶嗎？」

芙蓉差點鼓掌了！原來季芑是一個高手！所謂一個巴掌拍不響，季芑完全做到這一點了！這份淡定的修為不是普通人能達成的！真不愧是個被塗山單方面排擠給臉色看的千年仙人，被人冷言冷語後還能禮貌的問對方喝不喝茶！這份修養芙蓉自問望塵莫及。

九天玄女似乎也是習慣了季芑這種打不還手的調調，哼了一聲後自己把話題結束掉。

「罷了。反正王府那邊已經傳來消息，人已經平安回去，我也不說你太多。那邊要辦的事已經辦好，你就看著你的朋友別把我的計畫搞砸，不然別怪我下重手。」

芙蓉感到納悶，雖說如果這次季芑出去的任務是保護二皇子一行人安全回府，那他在路上擋下了姬英的埋伏，即使沒能抓住姬英，他也是做得很好了，可九天玄女不但沒有讚賞，反而語氣中讓人聽出很多的不滿來，這樣也真的太過分了吧？

芙蓉心思一向放在臉上瞞不住人，她當時就在現場，季芑如何受傷她都看在眼裡，她自己也靠季芑幫忙才沒被勒斷成兩截。九天玄女一句不問就這樣說話太沒人情味，簡直是女暴君！

雖然她告訴自己要低調，但是她望向九天玄女的目光早就多了幾分不諒解、幾分不屑再加幾分不滿了。她不知道季芑以前是不是玄女的手下，但上次玄女對他的態度還是客氣的，這也應該是玄女這種階高仙人應有的表現，修道也要修心的嘛！

不過，這次玄女的語氣卻好像特別衝，就好像季芑做了什麼踩中玄女的尾巴一樣，現在這個披著假男人外皮的女仙要搞報復似的。

九天玄女這番警告般的話，芙蓉相信百分之百會把塗山這個表面冷靜、可惜自從姬英出現後就沒冷靜過的狐仙脾氣發作出來，但出乎意料塗山竟然保持著沉默。玄女見沒有人回話，一雙眼帶著怒火瞪到芙蓉身上，芙蓉知道玄女不會放過她了，下一句一開口鐵定就是教訓她的，所以她也不客氣的瞪了回去！

「芙蓉！」

看！說中了。

「記得我曾經警告過妳讓妳待在王府吧！怎麼現在我會看到妳再出現在皇宮裡？」

玄女的聲音聽起來比剛才和季芑說話時還要凶幾分，聽得芙蓉頭皮都發麻了，不過她現在對玄女也是十分的不滿，加上季芑和塗山也在，即使他們不能出手，量玄女也不敢對她怎樣！

「腳長在我身上，去哪裡要妳管嘛？」芙蓉賭氣的撇開頭。對九天玄女她是新仇加舊恨，上次恐嚇她要讓李崇禮待在家中，她同意是因為的確是為了李崇禮的身體好，但沒道理連她的自由都被干涉吧！

再說下凡之後兩次見面九天玄女都沒給她好臉色，難道她是玄女在凡間的出氣筒嗎？任務是玄女塞給她的，現在又嫌她礙事，算什麼道理！

越想芙蓉就越生氣，說完後她不吭聲撇開頭連看都不看玄女，這無比幼稚的動作差一點就讓玄女移動腳步衝過來揍人了，但結果九天玄女卻深呼吸一口氣後忍了下來。雖然代價是她的額角冒了一個井字青筋。

對於九天玄女不知為何忍耐下來，芙蓉視若無睹，她現在心裡不爽快，不想理這個自大的管家婆。不過她沒發現自己的小聲嘀咕被大家聽到了，有膽說九天玄女是自大的管家婆，立即贏得季芑讚賞的目光。

「手下都受了傷回來，這就算是慰問了嗎？當仙人也這麼涼薄不好吧？」塗山雖然也是抱著不想和九天玄女打交道的心態，但正好九天玄女原本的氣勢被芙蓉搞得蕩然無存，他也抓緊時間反擊一下。

他是看不過季芑入了仙籍不問世事，但他生季芑的氣是一回事，要他眼看多年的友人被欺壓又是一回事。再說他一向不喜歡九天玄女這號人物。

「哦！要是你將來歸於我手下辦事，我會讓你好好感受一下我九天玄女是否待人涼薄。」

「敬謝不敏，我真的要飛昇，想必也不會名列玄女手下的。」塗山冷冷的回答，接下來氣氛僵住了。

四個人都沒有好臉色，坐著的三人現在沒有心思請玄女入座，也沒有人問她口中的計畫是什麼，現在即使問了玄女也不會說的，所以大家都在等這位「衛大人」主動離開。

在這耐性的比鬥中，芙蓉的耐性是最差的，當她的視線開始四處看、打發時間時，長生殿的宮門傳來了一陣混亂，看來有什麼身分不得了的人通報過來了。

聽先行來通報的太監聲音緊張凝重，帶來的恐怕不是什麼好消息。

「我不奉陪了。」九天玄女看了季芑和塗山一眼，臨離去時嘴角隱隱有一抹像是立於上風時的笑容。

越來越覺得九天玄女這態度有問題。看著她揚長而去的背影，芙蓉苦思著個中原因，而外頭的忙碌也開始波及這本來無人的涼殿了。

待在長生殿中服侍皇帝的太監及宮女都已經是精挑細選過最為穩重伶俐的，但所有人都一臉不妙，似乎外面的大陣仗真的不是什麼小事。

「那是皇后和太后的儀仗，恐怕是這兩位後宮中權力最大的主母一同過來了。」

「季芑，剛才九天玄女說她有得忙，你是不是知道些什麼？」宮中儀仗塗山這個住在後宮多年的狐仙自然是認得的，也知道這麼大陣仗不會是什麼好事。

「你本就想問我，我是不是知道姬英在幫的到底是四皇子還是六皇子，不是嗎？」季芑看向塗山，把對方心裡的疑問說出來，然後接著解答：「九天玄女親自給你提供了答案。」

「什麼？」塗山狐疑的反問，同樣想不通的芙蓉也湊了過去，等著季芑解答。

「她主動提供了答案？她剛才什麼都沒有說呀！」

「現在剩下唯一沒傷到一分一毫的那個，就是姬英想要幫的人。」

「誰？」

這次季芑沒有回答，三人只能聽著長生殿變得越來越熱鬧，塗山自己思索一會兒後沒有再問，只是施了一個被歸類為偷雞摸狗一流的偷聽法術，把長生殿主殿內的情況來個實況轉播，沒有畫面只有聲音也是聊勝於無了。

先是聽到皇帝和太后、皇后低聲的說著為什麼之類的，然後又聽到皇帝下旨宣了好幾人來，而那個九天玄女化身的衛大人一直待在一旁沒有發出過聲音，對於塗山的偷聽法術也沒有干預。

除了一早知道內情的季芑外，塗山和芙蓉都很仔細的聽過每一句對話，那些宮殿的吉祥語還是像平日的多，遲遲沒切入正題，讓這兩人的耐性急速下降。

幸好最後他們還是知道了想要探聽的事。

四皇子李崇言出了意外，不是被人襲擊，而是說他在王府裡好好的不知為何會發生落水意外，現在人救起來沒淹死但卻發著高燒。四皇子突然出這種意外，把負責保護他的侍衛嚇壞了，領隊的連考慮也沒有、二話不說就回報皇宮了。

「好好一個大男人逛花園會掉下水？」

這話充滿了鄙夷和不可置信，如果受害人是一個小孩子，小孩自理能力弱一點，遇上危機不懂自救完全能夠理解，而且受驚後發高燒是小兒驚風的一種。

但聽說那位四皇子李崇言比李崇禮還年長的吧？李崇禮都已經二十有三了，一個二十三歲以上的成年人落水後發高燒太奇怪了吧？重點是現在是盛夏，不是隆冬呀！濕了身應該正好覺得清涼萬分才對吧！

這是芙蓉聽到這個消息後的反應，一個王府主子，除了李崇禮那個愛靜得出奇之外，會有一個王爺逛花園身邊一個下人都沒有的嗎？即使真的失足了掉下水，就當這位四皇子不諳水性，但應該也很快就被人救起，沒有下人也會有一棕子串的侍衛把人撈上來的！

塗山也是不相信的一分子，他現在的臉色十分有趣，不滿、憤怒、無奈、不屑等等大多是負面情感的表情在他精緻妖豔的臉上轉來轉去。大概他一聽到四皇子落水的消息，就猜出了當中有什麼問題。

這道問題他等待季芑進一步解釋。如果季芑說什麼都不知道，塗山應該會忍無可忍把季芑拖去毒打一頓先解了口氣。

今天塗山的表現就像一條扭到極限的皮繩，他的精神和容忍度是夠高了，但是拉力太大還是會斷的，現在他應該已經瀕臨斷裂邊緣，再不好好解答他的疑問，一定會拉斷。

「連芙蓉也不相信，難道耍這種小手段就可以瞞得過其他人？」

正想要點頭回應，但咀嚼了一下話中內容後芙蓉怒了。

「等等！塗山你這樣說是什麼意思！」

「姬英在替六皇子做事？」一手擋住要撲過來抗議的芙蓉，塗山正色的盯著季芑看，要他明確的給出一個答案。

「塗山！你別把我無視了！等等？六皇子？咦？」芙蓉站了起來，雙手撐了在桌子上，兩道秀眉原本憤怒的高高往額邊斜起，但後半卻變成了疑惑，表情像是扭曲了。

塗山沉默的看了芙蓉一眼，然後感到很可惜很遺憾似的嘆了口氣。塗山決定先不理會這個腦袋少根筋的女仙，看她這樣子應該也得花點時間自行整理一下當中的前因後果。這麼簡單的事也得花時間，塗山在心底把芙蓉的理解力下調，評級比潼兒低了很多。

如果是潼兒，應該立即可以聯想出當中很多的問題和細節了吧！

「這是九天玄女的計畫。他先對四皇子下手，意在告訴姬英她暗地幫六皇子的事已經曝光。」

「這樣不是進一步把姬英逼進牆角嗎？你沒阻止九天玄女？」塗山聽了後眉頭皺得死緊，對於九天玄女的這個計畫抱著反對的心態。

「塗山你也看到了剛剛那情況，難道你認為九天玄女會聽我說嗎？」季芑苦笑著搖了搖頭，他交換了放在膝上交疊的手，看了芙蓉一眼像是思考著什麼後又緩緩的開口：「九天玄女現在看我不順眼，我說什麼、做什麼，她都不會贊成的。」

「大事上怎可以如此小心眼？」塗山簡直是不敢相信，現在他們在談的是一件可能影響深遠的大事呀！在大事前竟然可以為了個人因素獨斷獨行？

「我覺得這像極了九天玄女會做的事哦！她是自信爆棚，她看你不順眼她就不會聽你的，也會認為她自己的辦法才是最好的。」對九天玄女有著很深認識的芙蓉感觸良多，所謂家醜不得外傳，就算把事情搞砸了，相信玄女也會動用一切辦法把事情在凡間粉飾太平的，而仙界的仙人也不敢冒著被她尋仇的危險四處把玄女的不是宣揚出去。

不過，不說出口，一切也在心中啦！

「……」塗山無言了，仙界大名鼎鼎的女仙竟然是這樣的個性，以九天玄女那種帶刺的個性，走在街上要找出百千個她看不順眼的人實在是太簡單了，到底之前她是怎樣把那些驚天動地的大事辦妥的呀！

「玄女這樣的個性也能辦大事，也算是特殊能力的一種呀！」季芑發表屬於他的感想，直接讓塗山雙手掩臉悲嘆了。

「仙界似乎總是會把一些有潛在問題的傢伙派下來，簡直是唯恐天下不亂呀！」他深深的感嘆了一下，不過他的心情還是沒有放鬆。

「別把我也算了進去，我下凡不是自願的。」潛在問題這四個字觸動了芙蓉的神經，就像貓被踩到尾巴一樣全身的毛都豎了起來，連爪子都從肉球中冒出來了。

「知道了。不用一而再、再而三的聲明妳是受害者。」

「你敢說剛才那句話沒把我也說了進去？」

「季芑，六皇子到底是什麼人？」直接把芙蓉的抗議無視掉，塗山把目前他認為最重要的事提了出來。他要知道那個排行最小的皇子到底是什麼身分，竟然讓姬英那傢伙如此死心塌地的替他做事，而且剛才季芑和她的對話中提到了霜離，難道那個毛頭小子會和霜離有關嗎？

「六皇子就是六皇子，姓李名崇善，字……」

「我不是問他姓甚名誰！季芑，老實的告訴我他是不是霜離的……」

「不是，你我都知道霜離沒有後嗣，而他和白楊不同，霜離是妖，即使有孩子也是妖道，不可能會變成人的。」

「那……」塗山起了個頭沒說下去，但單憑這個字他知道季芑能意會得到的。

果然季芑搖了搖頭，把最後一個可能性都否定了。

「轉世什麼的嗎？」剛才被無視了的芙蓉看到他們又打啞謎，把她當外人看待，現在有機會讓她插話自然要把握機會了。

「那是不可能的。」季芑很認真的否定芙蓉的話。

「為什麼不可能了？難道季芑你看過轉輪王的輪迴書嗎？」

「怎麼可能呢！輪迴書和生死簿一樣，地府是不可能借給別人看的。就算塗山這樣和地府有一定交情的，也從來沒有成功借看得到生死簿，連從秦廣王口中探消息也多是模稜兩可。」季芑苦笑了一下，那兩本地府最重要的書恐怕即使秦廣王敢帶出地府，還沒出地府十步，帝君的追殺令已經到了。

帝君對這些東西監管的嚴厲是眾所周知的，打聽當中的內容就算了，借來看是絕對不可能的。

「但是不能看不代表那個小鬼就不是霜離的轉世，不是嗎？」芙蓉仍是不明白，只不過是沒辦法查證，但不能因為這樣就否定了這個可能性呀！

芙蓉不解的看著季芑，臉上好奇寶寶的表情讓季芑的臉色變得很難看，比他被姬英打飛了在地上拖出兩條大坑時的臉色更青白。

她是說了什麼可怕的話嗎？還是說季芑和她一樣害怕地府那些人？

「都魂飛魄散了哪來的下一世。」塗山艱難的說了出來。

這一刻，芙蓉的伶牙俐齒都不管用了，對方都說魂飛魄散了，難道她回一句「請節哀」這樣找死嗎？

「對……對不起！」芙蓉慌張的道歉，沒想到自己無心的問題會觸動到這一點，雖然她還不知道霜离到底是怎樣死的，但從他們提供的往事片段來看，季芑和塗山很有可能是目睹了霜离的死亡經過。所以，要他們親口說霜离是魂飛魄散，的確太殘忍了。

「所以六皇子不可能是霜离的轉世，現在妳明白了吧？」

塗山說完，芙蓉像小雞啄米般不住點頭，她若還不明白就去找根柱子撞死好了。

既不是後人，也不是轉世，姬英因什麼目的幫六皇子就變成謎題了。以塗山和季芑對姬英的瞭解，她對霜离是絕對的死心塌地，不太可能是為了別的男人做這麼多。她這次所做的一切，可說是把自己全賠了進去開罪整個仙界，無論結果如何，六皇子是不是如她所願登上大位也好，她自己是鐵定完蛋了。

「但是……」芙蓉小心翼翼的開口，見塗山沒有一手把她拍飛出去後，她放心了一點。「姬英難道不知道霜離魂飛魄散了嗎？要是知道了，她應該不會相信轉生什麼的了。」

「她要是相信就沒這麼多麻煩了。」

「她一直不信？」

「不信。」

「但她……是她自己誤會還是……」如果不是她自己誤會，那姬英是因為什麼認為六皇子是霜離的轉世？

「總之怎樣都好，現在確定了她為的是六皇子，擒賊先擒王，把那小子拿下了姬英也得束手就擒。」

「不可以！」

「我也反對！」

季芑和芙蓉兩人一起投了反對票，把塗山剛燃起的積極火焰潑滅了。

「你們……」塗山一時語塞，季芑反對他已經在預想之中，但沒想到芙蓉竟然也一臉大義凜然的樣子一起反對。

「雖然不知道原因，但是姬英剛才已經受了傷，這情況不就像受傷的野獸嘛！你還對她的幼崽下手，不是更會刺激她來個玉石俱焚？」芙蓉一臉嚴肅正經的說著。

塗山聽得嘴角抽搐，什麼野獸、幼崽？她是有心還是無意的用這些詞呀？是故意繞個圈子來罵人嗎？

「而且萬一塗山你對那個小鬼下手，那姬英一定會對李崇禮下毒手的，這絕對不是你會想見到的事。」

「如果我可以在她對李崇禮下手前抓住她……」

「我不會讓你拿李崇禮的安危去賭！你要亂來先過我這一關！」芙蓉猛地站起身，氣勢高漲的像是準備要單挑了。

「哦！」塗山一雙紅眸危險的瞇起，跟著站起身，嘴角勾起了一個帶著嘲諷的弧度。

他長得比芙蓉高，自然是往下看著芙蓉，加上這種表情芙蓉覺得塗山欠揍極了——一看就知道他在看扁她！她個人是打不過又怎樣！芙蓉不甘示弱的瞪回去，手在袖口一摸，手上一疊目測也有十幾張的短箋就在她的手中。

「塗山你說，你想和誰打！只要你說一句，我立即幫你把人喚來！」把短箋當作銀票般攤成傘狀搧著風，芙蓉有恃無恐的挑釁，幼稚到塗山完全沒氣了。

「叫外援算什麼英雄！」塗山翻了個白眼，看她手上的那些信箋，隨便叫一個光是解釋也夠麻煩了，更別說要和對方開打。

塗山敢說那裡面隨便選一個都不會比二郎真君好對付。

「我是女仙不是英雄！來吧！」

塗山投降般雙手抱頭趴在桌子上，一頭長髮散落在桌上了無生氣。他本來心底裡生出來的那一丁點對六皇子的狠辣，被芙蓉這麼一搞，什麼心情都沒了。他突然覺得很累，很想找個僻靜的地方休息一下。

「塗山，九天玄女是故意暗示姬英的，所以如沒必要，你別插手玄女的計畫比較好。」看到友人的挫敗，季芑還是勸了一句，現階段在玄女有行動後接著出手，真的不是好時機。

七
活餌大作戰，誰是餌？

宮中因為四皇子李崇言出了意外而陷入緊張狀態。

太子本是國之根本，在太子逝去到現在，皇上仍未決定下一任太子人選，本已讓朝廷中分黨立派的情況越加嚴重。現在屢傳諸位皇子不是意外頻生就是重病，一個不慎看少一眼就會少了個人似的，這情況哪會不令擁立不同皇子的大臣們憂心？

無論是天災還是人禍，已經廢了的三皇子李崇文肯定和皇位無緣，先前已經加入他陣營的一眾大臣有哪個還能臉帶笑容的？他們一個個現在整副心思都是在想辦法保住自己的地位，朝中或宮廷大事能盡量置身事外，就是怕一個不小心沾上身後自身難保。

大臣們有這樣的心態，一些忠於皇帝的老臣子同樣擔心。難保下一個再出事的不會又是這些已經成年的皇子，萬一事情無法解決，宗室旁系的子嗣恐怕也會蠢蠢欲動，希望能進皇宮當新主人了。

這情況蔓延下去絕不是好事。朝中元老們對這種他們無法掌控的情況也滿有怨念，皇帝不肯立太子，他們一本本奏章呈上請願，上朝時也試著提出立儲，但皇帝就是當他們在唱歌。

選一個太子真有這麼難，這麼久也決定不了嗎？

雖然現有的皇子中各有千秋，但真要選一個出來，也沒有難到拖了快一年也定不出人選吧？

皇帝一天沒風聲放出來，下面的臣子靠邊站就好比在賭坊下注買大小，在賭坊押錯邊了最多就是賠銀子輸身家，但是在朝堂上押錯邊輸的可能是自己九族人的性命了。

這陣子大臣們個個心頭壓著沉重的包袱，人人都看著張淑妃母家那些人的慘況，一下子頓失依靠，以前意氣風發、現在卻如驚弓之鳥。所以大臣們現在關心社稷前，他們更擔心自己下注的人選連爭都還沒來得及就已經出局了。

張淑妃母家那一派的現狀對朝堂上打滾的人是一個警醒。張淑妃人是不怎麼樣，在後宮她也不是最得寵的，頭頂始終有位皇后壓著；之前她有一個資質尚算不錯的成年皇子在手，母家也是顯赫，但現在沒了三皇子，每一個人不也是垂頭喪氣又小心翼翼的？

賭太子位的賭局上能退賭注嗎？

當然是不可能了！

即使現在看似二皇子和張淑妃的家族在合作，但二皇子始終不是張氏一族的人，將來即使登位最多就是不太為難張氏一族罷了，到時候張氏更是要謹言慎行，想大富大貴恐怕是難了。

民間新官上任也會放三把火，何況是新皇登基，所有不是直屬於新皇勢力的恐怕皮都要繃緊一點，免得一個不小心成了那三把火的炮灰。

二皇子李崇溫一向都是個有手段的人，雖然在人前沒有三皇子李崇文那麼鋒芒畢露，但沒有人會認為他是位好惹的主子。

四皇子落水的消息才剛剛傳出時，李崇溫剛好有驚無險的回到自己的王府，連話也沒來得及和迎接的王妃說幾句，身上的朝服未換，茶更未碰一口，他的心腹已經慌忙來報有關四皇子的事。

落水的意外太過離奇，李崇溫也是看著自己的兄弟長大的，難道他會不知道自己四弟到底熟不熟水性嗎？如果說只是單純掉下水池，四皇子是絕對有辦法自救的，根本不會弄成現在這樣子。

這當中一定是發生了什麼事。李崇溫想到自己剛剛遇上的危險，不禁背心一涼。

當時他坐在轎中看不清外面的情況，但轎簾被一陣怪風吹起的時候，他的確是看到一抹人影在轎前掠過，然後隨行的侍衛就急著把他送回來了。

即使不把負責護衛的人叫到面前來問，李崇溫也知道他剛才九成是身陷險境了。

而同一時間四皇子李崇言發生意外，雖然現場沒有人看到有刺客出現，而且出事的地點是四皇子自己的王府花園，但太過巧合了。他竟然和李崇言一同遇上了危險，要是他還認為一切都是意外，未免太過天真。

抱著這麼天真的心態，在宮廷的權力鬥爭中會死得不明不白，被人玩死了也不知道是誰害死自己的！

李崇溫心裡的計算一向都多，好不容易把張淑妃的勢力拉近自己身邊一點，他不想朝堂再次把懷疑的目光移到自己的身上。

落水一事極有可能是四皇子李崇言自己製造的一個意外，目的是讓人以為他是受害者，說不定一切都是一個局。

越想李崇溫越是覺得有可能，李崇言派人行刺自己失敗，所以自導自演了一場意外混淆視聽。

到現在這一刻，李崇溫仍相信自己受襲不是李崇禮下的手，他對自己的情報仍是很有信心的，所有寧王府出入的書信和人物都在他的掌握之中，要是寧王府有什麼動靜他一定可以提前知道，所以他相信李崇禮什麼都沒做。

不過，儘管情報完全掌握在手裡，但有一剎那李崇溫懷疑過他，因為上次刺客已經無聲無息闖入寧王府的正苑，最後刺客死的死、逃的逃，手無縛雞之力的李崇禮竟然可以逃出生天只是受了點傷。

雖然這種想法十分涼薄，但李崇溫當真有點埋怨派人殺李崇禮的主使者為什麼不多派幾個刺客過去，李崇禮是無意和自己競爭，但既然有別人下手，那他也不介意藉此減少一個對手，最後下手的人沒成功是有點可惜，但他其實也鬆一口氣。

好歹是自己兄弟，平時設些絆子或落井下石還好，但下殺手李崇溫目前還沒有考慮過。兄弟鬩牆到要下殺手得來的皇位不會長久，他自問自己並不是那種可以把兄弟送去地府也不會良心受責的人。

落水的意外一定是自導自演的，李崇溫仍是覺得四皇子最是可疑的。至於年紀最小的那位六皇弟他並沒有懷疑過，他始終覺得如果那個剛戴冠的小孩也能有手段心計做這麼多是太過抬舉了，如果和他有關係，也會是在背後想把這小子捧上去的人做的。

主幼臣強，對權臣來說是享受一人之下、萬人之上榮耀的大好機會。

李崇溫沉吟了一會兒，還是決定讓手下的人多監視一下可能在暗地裡幫著六皇子的那幫人，既是為了不讓他們成為現在的絆腳石，同時將來他成功登上大位後，這些人到底該不該留就值得他考量了。

※　※　※

同一時間，甚至是更早一點，四皇子的事同樣傳到姬英的耳裡。

從內城逃了出去，姬英小心翼翼的避開街上眾多的鬼差，不讓他們發現自己的行蹤，她記得上一次在寧王府，那幾個仙人中有的就是從地府來的。

雖然當時她沒有一眼認出來，但事後回想那些人的特徵和氣息，就知道大概是什麼位階的仙人了。姬英也覺得那天自己能全身而退是非常大的僥倖，要是那位一頭銀白長髮——應該是當日位列最高的仙人一聲令下，恐怕她所有的一切都會完了。

仙人不輕易下凡，那天見到的仙人不一定還在凡間，姬英猜不出為什麼他們要放自己一馬。仙人們的行事作風她從不覺得是容易理解的，但既然那天他們錯過抓住她的機會，那在他們正式有所行動之前，她會把自己能做的一切都做好。

比起遇上仙人，現在姬英覺得在四處巡邏的鬼差更麻煩。

地府的鬼差們能夠隨時隨地從地府跑上來，他們的實力是不如她，只是一旦被這些看在姬英眼中等同蟑螂般又多又煩的鬼差發現，恐怕不用一刻鐘，她的藏身地點就會被仙界知道，跑來抓捕她的仙人一定會踏破她現在藏身的這所廢棄大宅的門檻。

嫌他們礙事，但姬英卻不能動手把發現自己的鬼差幹掉，那只會把更麻煩的敵人引來。地府的主事者出了名的不好說話，動了他手下的人等同向他宣戰，姬英沒那麼蠢在這節骨眼再為自己多樹立一個敵人。

回到自己的據點，姬英檢查了所有預早布下的隱藏法術，確定沒有絲毫異樣才放心。

京城處處繁華，有的家族崛起得快、敗落得也快，要找無人問津的廢宅不難。

她現在身處的據點也是這樣來的，前屋主生意失敗，家裡的東西都被債主搬了，在最後連宅子都要被債主收走前，屋主攜妻帶子上吊自盡，之後這屋子一直空置，裡面已經什麼都沒有，連生活需要用到的桌椅也沒有。

姬英很隨便的在屋子大廳地板上坐下，檢視自己的傷勢，一路上她回來也是硬撐著，現在到了安全的地方，一口血就吐了出來。

和芙蓉或是季芑糾纏得到的外傷不礙事，令她重傷至這樣的卻是那團白光的傑作。白光中的人傷的不是她的肉體而是神魂，雖然下手不重，但卻讓她的修為大損。當時面對對方壓倒性的力量，她已經做好魂飛魄散的心理準備，可是最後對方竟然留手，只傷了她，沒有殺了她。

對方手下留情令姬英有一股變成弱者的鬱悶，她不喜歡自己的生死掌握在他人手中，讓一向處於主動位置的她變成被動一方，而且她還無力反抗！

計畫進行了這麼久，她還是第一次感到如此無力。對方的用意不難理解，把她的神魂傷到這種程度，她不避世靜養的話，千年修為會白白沒了一半，以負傷的狀態再遇上塗山或是季芑任何一個她都打不過。

抹去嘴邊的汙血，姬英看向自己被割得皮肉翻飛的手臂，皺了一下眉，這一刻她才露出了屬於女性軟弱的一面，因為手臂傷口的痛，也因為身上寄生著不屬於她的東西開始產生排斥。

手臂上的蛇鱗令她十分不舒服，姬英的本體是蝴蝶不是蛇，本來她身上不應該出現鱗片的，但現在她的一整條手臂卻布滿青綠的蛇鱗。她沒受傷前，這條覆上蛇鱗的手臂是她的一大助力，但現在她神魂受了傷害修為大減，以現存的妖力要把這條手臂的排斥壓下去卻變得吃力了。

硬是把和自己本體不相干的東西融入身體是很困難的事，更別說姬英融進手臂中的青鱗不是取自普通的青蛇，而是來自一個青蛇精。

或許她不應該聽那些人說的，嘗試從別人身上取得額外的力量，現在她是得不償失了。

隨便拿了布條把傷口包住，姬英靠著牆閉起眼睛休息。但是一閉上眼，她的腦海就浮現出剛才季芑用短刀割傷她的情況，耳邊也好像聽到塗山追問她為什麼的聲音。

她不想看、不想聽，但腦海中的畫面最後卻是回轉到千年前的那一天。

那時候她也問過季芑和塗山為什麼。當時她趕到出事地點，霜离已經不在了，什麼都沒有留下，只有年輕的塗山和季芑帶著一身傷還有滿臉茫然看著地上一片焦黑的地方。

他們說霜离死了，魂魄都被天雷打散了。

她不信。

到底發生什麼事招來了天雷？為什麼她的追問沒有得到任何答案？

姬英只知道自己從那一刻起失去了霜离。不過，她不相信霜离真的魂飛魄散了，要是他們意外招來了毀滅性的天雷，這般天地異動她怎麼可能不知道？天雷也不是說想有就出現的現象，所以塗山和季芑一定有什麼地方說了謊，他們說的都不可信。

霜离不是在她眼前死去的，他是塗山和季芑害死的。三個人一起行動只死了霜离一個？把她當成小孩子騙嗎？

與其相信霜离永遠不在，姬英覺得倒不如相信自己還有機會在茫茫人海中找到他的轉世。

可惜生死簿和輪迴書不是隨便可以看得到的東西，即使她有千年道行也處於自己最顛峰的時期，她也不敢說有信心去地府搶來看。

茫茫人海，追尋了千年只憑她一己之力，實在無法得知霜離轉世到哪裡，她只能一直尋找，或許要找到她再也找不動才會停止吧！

在漫無目的的尋找中她意外得到了幫助。對方雖是妖道中人，但其能力卻是姬英親眼所見，借給她的寶貝也是仙界之物，雖然準確性沒有地府的記錄那麼清晰，但姬英總算是得到一絲希望。

動了動仍是帶給她火辣刺痛感的手臂，以手臂上的排斥情況，或許她截了這手會比較好，但是她現在不能……皇宮的事已經到了最關鍵的時刻，只差一點點她的目的就可以達成了，為什麼偏偏塗山和季芑又要跑出來！

不論是人是妖，最脆弱的時候總是愛胡思亂想，姬英此刻也失去了她的冷靜，心裡只想著要趕在塗山他們之前把所有對六皇子有障礙的人消除掉。

為此，她不介意動用這些年悄悄在皇宮中還有別處暗埋的棋子。事情來到這個地步，即使她投降也沒用，塗山或許還沒聯想到，但恐怕自己為了誰，季芑已經心裡有數。

二皇子的王府有季芑的法術，一時三刻很難對他下手。她手中剩下的鬼魔也不多了，沒了她做過手腳的那個水池，已經沒辦法補充損耗。

思索著手邊還可以利用的事物，姬英不禁苦笑了一下。她所有的手段和助力加起來，說不定也打不過那個叫芙蓉的冒失女仙。

邪氣試過了，對別的仙人有一定作用的邪氣對她竟然一點用都沒有，她帶著的武器級數是自己也不敢正面硬接的，要不是那女仙本身的武力太差根本發揮不了那寶貝的威力，姬英會認為二人對戰時，芙蓉比塗山更難應付。

她沒忘了孫明尚這枚棋子是被什麼人收了的，那些人物本不應該在凡間出現的，但他們出現了，在那個芙蓉的身邊。而她的身邊有塗山，塗山守著的是白楊的後人……

姬英覺得越發有一種無法再忍的感覺。

白楊的後人！就正正是為了白楊，霜离才會出事的！

一切都是白楊那個凡人的錯！

怒氣攻心，姬英再嘔了一口帶黑的汙血。看著地板上的血跡，她的眼神慢慢變冷，如果之前她的表現還算有幾分顧及塗山和季芑是舊識，那現在這份顧忌已經不復存在。

這一次，她不會讓任何人再傷害霜离一次。千年前她沒阻止得了事情的發生，千年後的現在她只有先下手為強了。

心意已決，姬英立即布署她下一步的計畫，雖然有風險，但她也只能險中求勝了。

看看時辰，差不多是她手下那些耳目回來報告的時候。

塗山在皇宮可以收下這麼多的小妖作耳目，同樣的把戲手段姬英一樣也會，只是她沒塗山這麼善良找些小貓小狗當眼線，她用的都是些貨真價實的妖邪分子。

即使牠們都是一些微不足道的小妖，但是不管束的話，牠們對凡人做的絕對不會是惡作劇這麼簡單。

當姬英聽著這些手下逐一報告著新鮮熱辣的消息，她的臉色就越來越難看。當聽到四皇子的消息後，她一怒之下就把前來報告的小妖活活掐死了。

圍在她身邊的小妖看到同伴慘死在眼前，紛紛發出驚叫退後了好幾步，深怕自己成為下一個犧牲品。牠們想逃走但也怕死得要命，牠們知道一旦逃走姬英會更不擇手段的一隻隻拍扁牠們，眼前這位主人所擁有的修行只需反掌就可以把牠們消滅得乾乾淨淨，牠們一逃就等於是不要命了。

姬英受傷仍滲著血的手臂因為憤怒而微微抖震，原本姣美的臉龐也扭曲出一個猙獰的表情。

即使現在她看起來有點狼狽，手上包著布條的手仍滲著血絲，臉色蒼白到像是要站不穩，但小妖們仍是不敢掉以輕心。看看現在她手上那可憐的前同伴，牠也只是照實把自己打聽到的說出來而已，不也是落得死個不明不白的下場嗎？

沒有餘暇體會小妖們驚恐的心情，姬英憤怒的看向皇宮所在的方向，手上的力道加重了不少，幾聲咯咯的悶響，她掐死在手上的小妖連原本的形狀都沒了。當她煩躁的把手上的屍體甩開時，已經無法分辨出牠原本是什麼小妖，只剩下一團血肉模糊。

「是季芑背後的人？還是那個女仙背後的人？」

姬英咬牙問了自己這一句，她陷入現在不能動的情況，對方已經猜出她為了誰行動，只要她輕舉妄動，難保威脅她的人就不對六皇子動手。

她不是笨蛋，這麼明顯的威脅她哪可能不明白！只是六皇子的安全是不容有失的，她絕對不會拿他的安全冒險。

接下來的計畫她必須好好盤算，計畫到了現在已不是說停就能立即停下的。她要給六皇子最好的一切，這一世他生在帝皇之家，怎可以平白當一位閒散王爺一輩子！要給就把天下送給他！

她的霜离上一世死得那麼慘，今生他是人、她仍然是妖，兩人之間已不會有半點交集了，那麼千年前她無法救他，現在讓他登上天子之位就當是她對他的一份心意。

「一切一切都是我自己決定做的，仙界的人休想把我做的一切算到霜离頭上去！」

姬英咬牙切齒的誓言在廢宅中迴盪著，像是咒語一樣帶起一波波漣漪擴散了出去。

※　※　※

「我們現在不回去嗎？」

「妳很急著要回去嗎？」

芙蓉和塗山兩人結伴離開了皇宮，目前在大街上遊蕩著。

走著走著，芙蓉想起上次和塗山出門是為了孫明尚的事去找註生娘娘，那次出門的目的徹底失敗，塗山更叫秦廣王上來打算嚇她！之後再一次被他叫出來，分道揚鑣後她就被孫明尚的鬼魔追著打，兩次的經驗告訴她：和塗山出門似乎都會發生不愉快事件。

所以她現在想快點回王府，也由衷覺得那個由地府十王之二設下的結界異常的可愛可親也十分可靠，縮在結界裡面連九天玄女的報復也不用怕。

塗山斜斜的看了芙蓉一眼，發現她正一臉不情願的看著地面走，表情委屈又帶著心不在焉，說不定他一聲不響躲在一旁這丫頭也不會發現，還一直走下去然後迷路。

和他並肩而行有這麼難受嗎？連做個樣子都省了直接給他不情願的嘴臉，這是對他的挑釁行為嗎？他的魅力有這麼差嗎？連同行都不給面子？

「魂歸來呀！」一手拍在芙蓉的後腦，在芙蓉的鬼叫下，塗山乾脆一手抓過她的手臂用拖的把她往目的地拖。

「你才魂魄出竅！你要拖我去哪？男女授受不親你懂不懂呀！抓著我手臂是非禮！非禮勿動呀！」芙蓉指著塗山抓著自己的手臂，於禮的確有些不合，但塗山完全不理會。

「要非禮也不是非禮妳這樣的丫頭。」塗山鄙夷的看了芙蓉一眼。「我化身女裝都還比妳像個女人。」

「也只有你能說出這樣變態的豪語。」芙蓉翻了個白眼，嘴上說塗山非禮，但這樣的碰觸她其實也不介意，善意或是刻意猥褻她還是會分的，只是想在嘴皮子上佔點便宜罷了。

「過獎了。」

塗山拉著芙蓉在內城穿梭而行，比芙蓉熟路千百倍的塗山很快就找著正確的方向，紀王府的大門遠遠的座落在他們面前了。

「你來看四皇子？」看著那端正寫著紀王府三字的匾額，芙蓉有點意外，沒想到塗山竟然會跑到四皇子的家來了。

「我一向不太喜歡老三和老四，他們兩個一個是真小人，另一個是偽君子，現在其中一個落難成了落水狗，我當然要來看看。」

塗山一臉打算來落井下石的樣子，芙蓉立即替他添幾個立心不良的標籤，提醒自己下次見到這種表情的人就知道對方黑心腸正在發作。

「那你喜歡自己去看就好，我先回去了。」

「妳回去了誰幫我叫門？」塗山一手抓住已經轉身想走的芙蓉，兩人就在王府門前拉拉扯扯的。

「你又讓我做這種無聊事！」

「妳不好奇九天玄女是動了什麼手腳讓他落水的嗎？」威逼受到反抗，塗山加上一點利誘，這種八卦芙蓉應該有興趣知道的呀！

「沒興趣，反正一定是九天玄女下的手，現在進去說不定還會打照面，好奇心會害死一隻貓！更會害死我！」不提還好，明知九天玄女心情不是太好的現在，再打照面等同找死！

「所以妳怕了？」

「不是怕的問題，而是我不想給九天玄女尋仇的機會。」芙蓉無奈的嘆了口氣，她知道自己在

塗山他們和姬英的衝突現場出現後還跑到皇宮已經觸怒了九天玄女，玄女有時候很小氣，特別是有人不聽她的吩咐行動被抓包後，像她無視了玄女的警告，事後玄女一定會算帳的。

「既然不是怕，那就快走吧。」

芙蓉白了塗山一眼，不太情願的拍了紀王府大門幾下喊了聲，隨即拉著塗山走進王府中。和之前跑到三皇子家裡時一樣，沒有門神之類的熟人跳出來把他們趕跑，意外的也沒有感覺到王府有下過法術。

芙蓉在王府中連一個防禦法術都沒有找到，這令她感到有點意外，還以為九天玄女讓四皇子出點小意外後會保他的周全，但連個法術都省了，難道是打算把李崇言當作活餌嗎？

引誘姬英出來的活餌大作戰？

這種想法沒有維持很久，兩人還沒走到王府內部，芙蓉臉色不太自然的停下腳步，也把同行的塗山拉住。兩人就站在王府分隔前後部分的小院附近，除了一些宮裡來的侍衛外，一眼看去沒有什麼特別的。

「嗯？怎麼了？」塗山疑惑的看向芙蓉，似乎是不明白她為什麼要拉住自己。

「不要進去了，我不想和裡面的人打照面，雖然她應該知道我來了。」芙蓉小聲的說，手還不住的把塗山往外面拉。

見她如此堅決，塗山也暫時不問原因，由著她拉自己出去。

臨走時塗山回頭看了一眼，在他們轉彎離去王府的大門前，他看到一個從內院走出來的仙人，塗山十分肯定對方是位刻意收斂氣息的女仙。

她就站在內院的入口看向他們的方向，臉上只有嚴肅的表情沒有半點笑意，令人感覺是個不好相處的對象。她和平常看到穿著長裙掛著飄帶披帛打扮的女仙不同，這位穿著一身女式戎裝，一看就知道是生人勿近的母老虎類型。

從塗山的角度去看，這類型的女性的確是少惹為妙。

看樣子對方從芙蓉在門外喊話時已經知道了，只是不知道她是懶得來打招呼，還是壓根兒不想見芙蓉，從她們兩個同樣不想見到對方的情況來看，芙蓉和對方的交情恐怕屬於彼此不對盤的那種。

「好了，我們人已經出來了，妳應該說清楚是什麼事吧？」

出了王府大門，芙蓉還拉著塗山走到看不到紀王府的圍牆為止才停下。不停下來也不行了，四周都是差不多的圍牆，她開始不知道自己轉到哪裡去了。

她先是抿著唇想了一會兒，努力的找尋著最合適的用詞來解釋，她相信即使塗山在仙界有很多朋友，也不一定聽說過這幫女人的存在，畢竟塗山似乎和仙界的女仙們沒什麼交情。

「在裡面的是九天玄女手下最麻煩的瘋狂支持者，玄女說一句她們絕不會回一個『不』字的。既然是她們負責看守，那我們進去也看不到什麼的，她們可不好說話。」

「沒交情可以套嗎？」這種奇聞還是第一次聽到，想不到令人退避三舍的九天玄女手下還有這樣的死忠支持者呀？

「完全沒有。」芙蓉斬釘截鐵的說，臉上還附贈了不快的表情。

這些九天玄女粉絲最愛附和九天玄女一切的決定，以前玄女教訓她時，這幫女仙可沒有少落井下石一番呀！所以芙蓉對她們是絕對的沒有好感，也生不出想要親近交往的情緒。

熱臉貼冷屁股這個特殊喜好還是留給其他人吧！

「不過值得慶幸的是，崑崙中走上女強人之路的女仙不多。」

「的確值得慶幸。」塗山真心附和芙蓉的想法，要是多幾個像九天玄女這樣的人物，恐怕凡間的人不論男女早晚會對仙女什麼的完全夢想幻滅。

「塗山，要去李崇溫那裡看看嗎？」

「妳不是想早點回去嗎？怎麼又自己提起要繞過去了？」

「有點不放心。」

這話芙蓉倒是沒有說謊，那位旭世子是帝王命相一事她不確定塗山有沒有察覺到，這樣的大事越少外人知道越好，只是現在一想到姬英可以下手的對象越來越少，芙蓉會擔心李崇溫身邊的防備不夠。畢竟不久前他才被姬英追著，不是季芑和塗山擋著已經遭殃了。

對了！

「塗山，我有個重要的問題問你。」

心事總是瞞不過人的芙蓉，現在的表情就像是在思考會影響世界末日的大事，即使熟知芙蓉個性的人看到她這樣，恐怕也會被感染到以一副煞有介事的心情來應對。

「看妳表情認真成這樣我會怕的！」紅眼瞇了瞇，嘴上雖然不正經的回話，但是塗山心裡卻是認真的聽著，這個大剌剌的女仙難得認真成這樣子，說不定她真的會提出一些大家忽略掉的事。

兩人在大路上凝重的對視，似乎可以在原地站很久似的。塗山的認真，芙蓉的凝重，把二人四周的空氣都凝固了，像是連空氣都在屏息以待他們接下來要討論的事。

良久，芙蓉終於開了口。

「到底季芑是男還是女呀？」

「妳是故意的嗎？」井字型青筋連一秒都不用就已經蹦了出來，塗山覺得自己簡直是白痴，面對這個不著調的女仙，他竟然生出認真去聽她說話的心態！他一定是太累了，這段時間沒有睡好覺吃好料精神又差，所以他錯亂了。

該死的她竟然問出這麼白痴的問題？

「我很認真。」她滿臉寫著認真二字。

「我只覺得妳在耍我。」塗山轉頭就走，完全沒有解答芙蓉問題的意思。

「你就告訴我、了卻我一件心事吧！」

一路走到李崇溫王府的路上，芙蓉就是一個勁的纏著塗山回答，而塗山就是不想理的偶爾回了幾句，這回倒是塗山的忍耐力先到極限了。

「到底季芑哪一方面告訴妳他不是男人了？」

「臉和身材，聲音也太中性。」坦白的回了話，以上三點還加上氣質一項，季芑真的是雌雄莫辨呀！

塗山長得妖豔，可一看就知道是妖男，但是季芑那種柔弱氣質真的很難讓人區分男女。

「妳有性別認知障礙？」

塗山這反問句換來芙蓉的嚴重抗議，她非常強調很清楚知道自己是個女人，還反過來懷疑塗山的女裝癖。塗山覺得再說下去一定是自己先忍不住把芙蓉揍飛，所以他決定快刀斬亂麻，快快把這話題結束掉，趕著辦完正事回去才好。

「因為他偏偏在九天玄女手下嘛，如果是男仙的話，玄女管不著的說。」

塗山不理她，芙蓉也反思一下自己的問題是不是太白痴，但她就是疑惑呀！玄女不是替天宮做事，自然就不會有男仙被分派到她手下工作，崑崙可是一個女兒國，只有女仙的呀！

「這問題妳最好自己問。」

「問誰？」

「問大街前方路中心正用一臉令人不爽的表情看過來的假男人。」

「咦！」

芙蓉下意識的就縮到塗山的身後，幸好對方似乎沒空和他們這兩個隱形人打交道，只是瞪了他們一眼後又重新投入自己的工作了。

的了。

「看來這『衛大人』也十分熱衷於凡間的武官身分，領著來的這一隊御前侍衛一看就知道是因公而來，這能不能算是假公濟私呢？」塗山哼笑一聲，有九天玄女親自坐鎮，李崇溫的安全是無虞的了。

停在李崇溫王府門前的那一列侍衛隊，可說是御前首屈一指精英中的精英，有這一隊人馬在，即使李崇溫有再多的政敵，也是沒辦法對他下手的了。

如果李崇禮那邊也有一隊這樣的侍衛多好。塗山不禁這樣想，那位皇子和他的母妃在宮中的關係這麼薄，要是皇帝老頭多照看一下也是好的。

對於皇帝對幾個兒子到底抱有什麼想法，塗山實在沒多少把握，那個擁有後宮三千的男人對每個女人看似都不太上心，即使是張淑妃或是皇后這些別人眼中後宮權力高點的存在，在這個男人眼中好像都只是一個單純的女人，沒有特別給予比別人多的寵愛。

或許是天性使然，身為狐仙的塗山其實有點看不過去。他以前有考慮過抽些時間玩玩狐媚惑國的玩意，當然不是他親身上場，隨便在後宮挑個有潛質又年輕的嬪妃來一個妲己二世養成計畫就好，能入宮的女子都貌美如花，稍加調教又會是禍國殃民的禍水了。

不過一旦這樣玩大了，他就會成為史上又一個被追殺九重天的狐狸精了。

「九天玄女會回皇宮的，因為皇帝還在那裡。」

芙蓉和九天玄女簡單的說就是老鼠和貓的關係，現在真的和九天玄女打了照面，她怎會不想速逃？當然是走得越快越好！走了幾步後，又覺得自己還乖乖在地上行走太蠢，衣袖一揚芙蓉踏地飛起了。

「妳怎麼了？一時一樣的。」

塗山跟著飛起，一邊飛一邊糾正芙蓉的方向，也不忘抱怨她幾句，一時又說要立即回去，過來看看又是她說的，現在更是她急急腳的要走了。

耍人嗎？

「塗山笨蛋！你沒發現我們王爺現在是最危險的一個嗎？不提已經出了局的，二皇子和四皇子都有九天玄女的人或是本尊坐鎮，李崇禮身邊只有我們呀！」

「我們也不是太差吧？」

「一比之下就是蚊腿和牛腿了！」

「這是什麼形容詞？」塗山聽得嘴角抽搐，有人會用蚊腿比喻自己比得這麼理所當然的嗎？而且蚊子的腿也真的是太渺小了吧？

「要是姬英現在來個絕地反攻就不好了。」

「王府的結界這次可是打不破的，妳也太緊張了。」

「小心駛得萬年船呀！」芙蓉凝重的說，或許姬英今天敗走不會立即反擊，但誰知道她腦子想的是什麼，萬一她覺得現在是千載難逢的好機會，決心要來一次絕地反攻就真是打得他們一個措手不及了。

「這句話從偷跑出來的妳口中聽到真讓人覺得諷刺。」

「是嗎?被你這個十天半月不回家的浪子這麼說，我也覺得彆扭得要命。」

兩人不客氣的互瞪了一眼，然後各自閉上嘴。

而當他們回到王府後，李崇禮已經站在正苑的花園中等了一下午。

八王爺不急急壞女仙？

所謂心靜自然涼，這種說法最能體現在李崇禮身上。雖然這位現年二十三歲的年輕王爺本就身子弱，大熱天時別人巴不得捲起衣袖舒緩一下渾身暑氣，但他還是比別人多穿一件才覺得剛剛好。

穿得比人多，但他還是十分清涼舒適似的。和他在同一個書房中，坐在應該是最涼爽位置的人每幾秒就得拿扇子搧風，喝的茶水還要完全放涼，和這位不怕熱的書房主人完全是個很大的對比。要說衣著，李崇禮穿的比芙蓉這個大姑娘還多，而且芙蓉把頭髮都梳成雙髻露出脖子可以透風，李崇禮背上卻披了一頭長髮。

套用芙蓉的說法，她現在看到李崇禮和塗山的衣著打扮都覺得熱死了。

書房打開了所有的窗，紗帳等統統換成了通風的竹簾，房內點著夏天用的薄香，在夏日令人昏昏欲睡的午後，稍微讓人提提神的只有偶爾棋子在棋盤上發出的聲音。

「好熱……好煩……好燥。」

棋盤前對奕的兩人不約而同看向坐在書房正中央的書桌前，上半身趴在桌上拿著筆一臉煩惱的芙蓉，然後又很自然的收回視線。

塗山看回自己面前的棋盤，上面他所下的黑子不是被吃了就是被困死，他快要輸棋了也沒她煩惱呀！「心靜自然涼，李崇禮都已經讓人從冰窖拿一大塊冰放在妳面前了，妳就別再說熱了。」

「我無法理解你們為什麼連一滴汗都沒出，我都覺得花園那頭已經快出現海市蜃樓了，難道天氣不熱嗎？」芙蓉瞪向兩個在下棋的人，見兩人似乎沒打算理她，她又趴著替自己搧了幾下風。

早知道就不讓潼兒下去忙了，讓他站在冰魂旁邊搧涼風多好！

回來之後，她和塗山向李崇禮說了一下最新消息。芙蓉很坦白，連四皇子的意外是九天玄女故意做的也說出來了；當然，姬英在幫六皇子的事也不是祕密，同樣說得清清楚楚。

但李崇禮知道後沒特別反應，只是說他知道了。這樣的回答讓芙蓉無法理解，正常最起碼也會反問一句為什麼吧？但他沒有，李崇禮連知道自己的幼弟莫名和一個千年女妖扯上關係也毫不驚訝和意外。

他的表現真的很淡定，淡定到芙蓉懷疑現在跟他說你明天要死了，他也一樣回答他知道了，然後可能冷靜到直接預先安排自己的後事。從他身上真的找不出半點激動的情緒，他的修養提升了。

塗山前陣子紅了眼活像要撲殺出去把姬英抓來撕破的氣勢，已經不知飄到天地何方，現在他一整天就窩在李崇禮身邊喝茶，十分悠閒寫意。他一天到晚就是跟李崇禮下棋打發時間，根本沒有計畫過萬一姬英殺上門來時怎樣應對。

不是有名言說成功是留給有準備的人嗎？什麼都不準備，這是好事嗎？

以李崇禮來說，想像不到現在的危險性也算了，為什麼塗山也一副度假的樣子？現在就只有她自己一個在煩惱著姬英可能會有所行動呀！這是什麼世道？為什麼這麼大的擔子只壓在她一個人的肩上？

「都說了，心靜自然涼。」塗山又說了一遍，他每說完一次芙蓉都送他兩道殺人視線。不過這視線大都招呼到塗山身上，對李崇禮，芙蓉還是十分優待的。而且她目前仍是不太敢直視他的眼睛，一對上她就不自在了。現在她才覺得李崇禮和東王公長得太像不是好事，尤其在她出了糗之後。

因為下意識不敢看他，所以芙蓉不知道李崇禮一直都在留意她的一舉一動，她的異樣態度其實已經讓一向沒太多情緒表現的李崇禮一臉悶悶不樂。

李崇禮不明白為什麼芙蓉在避著他，這情況令他十分納悶。把自己和芙蓉相處時發生過的所有事情，每一次見面的細節、對話都小心的回想一遍，李崇禮只能把原因歸咎於他曾經碰到芙蓉的手這件事，除此之外實在沒有其他了。但為何她的態度卻是這兩天才變？如果要生氣或是尷尬，以他對芙蓉的認識，她應該忍不了這些天的，當日她就會發作出來。

「對方不動，我們緊張也是沒用。」搭上話，李崇禮好不容易才得到芙蓉沒精打采的一瞥。

「我知道對方是不會笨得再直接上門挑戰這裡的結界，但我們什麼也不做就這樣坐以待斃？」

本已經很沒腰骨般的趴在桌子上，現在芙蓉更是非常沒儀態的把下巴擱在手臂上，隨著她每說一個字，整顆頭就跟著上下動著，要是一些注意儀態的老一輩在場，芙蓉現在的舉動絕對會被打得頭頂起高樓，等會還要去祖先牌位前罰跪。

塗山就差點忍不住上前教訓她了，實在是爛泥扶不上牆，太難看了。

可惜塗山的瞪視，芙蓉完全無視。她很忙碌，腦袋忙著思考姬英會弄什麼新花樣。

暗殺、毒殺、咒殺什麼的，芙蓉已經想像過了，這些狀態基本上只要李崇禮不外出，出入這正苑的人事物他們有好好檢查，就不會成功。有她和塗山、還有那些宮裡來的侍衛，這寧王府的正苑可比喻為一個無敵的金鐘罩，防護方面滴水不漏！雖然窩在安全的地方等似乎沒什麼作為，但這卻是最好的方法。

但正因為如此芙蓉才煩惱！因為姬英要下手一定會為自己爭取一個最有利的舞臺，而且策動的事態一定會逼得李崇禮不得不出去，這樣她該怎麼防？

「覺得坐以待斃的話，妳大可把李崇禮帶出去走一圈，看看姬英先找上你們還是九天玄女先出來滅了妳？」語氣涼涼的塗山邊說邊下了一子，才剛收回手他就後悔了，他把黑子下在一個穩輸的

位置。

果然，李崇禮的白子立即接著下，把黑子的生路完全堵死了。

輸了棋，塗山把棋子收好後總算願意花點時間在芙蓉身上，起身過去把她手臂壓著的紙抽了一、兩張來看，上面寫的作戰計畫其實寫得有板有眼，可惜就是太死板，一次假設一個情況太不現實了點。連李崇禮也拿了一張看著，他們兩個一臉審視的看著這些計畫，每皺一下眉頭芙蓉就嘆氣，不用想她已經知道等他們看完之後會說什麼了。

百分之百是批評……

「這已經是我的極限了。」芙蓉無奈的說，她真的已經絞盡腦汁來想了，能想的她都寫出來了。待在王府太被動，出去又會先被自己人圍剿，那幫玄女忠實粉絲團跟著下凡來了，誰敢跑出去打亂玄女的計畫？

這種自殺行為芙蓉是絕對不做的！被這幫可怕的粉絲團知道，包准她踏出王府沒走十步就會被人從後方蓋麻布袋、再拖到後巷拳打腳踢，萬一遇上一個和自己有過節的恐怕還會在她腳上綁大石，再送她去河底。

光是想也覺得可怕。芙蓉還沒有和河伯對奕聊天的打算，也不想未經申請非法進入龍皇的水晶宮，非法入境很麻煩的。

「妳不要自尋煩惱了！這些應對計畫書註定是無用武之地。」

「好歹是我的一番心血呀……」見塗山把她辛苦寫出來的成果全捲成一束，還不知在何處找了一條細繩綑好扔在桌邊的詩筒中，芙蓉又大大的長嘆了一下。

「我知道，所以我很給面子沒有放一把火將它燒了呀！」塗山理所當然的擺出一副體諒的臉孔，然後用衣袖掩嘴打了個大大的呵欠，一雙狐狸眼彎彎的還冒眼水。「我去睡午覺，李崇禮你一起嗎？」

「別問這種可疑的問題呀！」芙蓉隨手抓起桌上的紙鎮扔向塗山的方向，對方只是避了開去，伸手一托紙鎮又呈拋物線回到書桌上。

剛才的死氣沉沉一掃而空，芙蓉現在簡直像是母老虎附身，見紙鎮沒用，她差點把主意打到其他文房四寶上面，在她正想抓起筆筒、臂擱等扔出去時，芙蓉看到了李崇禮臉上閃過一絲心痛。雖然一閃即逝，但是因為很搶眼芙蓉無法裝作看不見，芙蓉低頭看了看手上不知是否出自某位名家手筆的鏤空竹雕臂擱，這東西恐怕是李崇禮的愛用之物，應該也是價值連城的吧？

芙蓉訕訕的把手上的東西放下，目送塗山眼角帶著一抹勝利打著呵欠走出書房，留下芙蓉和婉拒一起去午睡這個荒唐提議的李崇禮。

坐直了身子深呼吸一口氣，芙蓉挽起衣袖執筆準備寫下一篇的應對計畫書，雖然如塗山所說沒多少實際用途，但不找點事情做她定不下心來，這時刻真的不是悠閒去睡午覺的好時機呀！

因為心煩，芙蓉這天也不敢去碰李崇禮的湯藥，就怕走神了把藥材多放了；潼兒也看出她心神不寧，二話不說就把湯藥的事包攬到自己身上了。

李崇禮靜靜坐著，要不是從窗外透進來的陽光把他的影子映在地上，恐怕芙蓉會因為書房內太安靜而忘記他仍是在場的。

計畫書寫了幾句又停下手，芙蓉偷瞄了李崇禮一眼，發現他正在看她，見她看了過去便微微一笑，很自然的芙蓉也跟著笑了一下。

好像因為這一笑，兩人之間的尷尬化解了一點點。

「塗山也真是的，說那麼容易令人誤會的話，就不怕歐陽子穆神不知鬼不覺的走進來聽到嗎？真被誤會了跳進黃河也洗不清了。」隨便找個話題起了頭，芙蓉嘗試讓兩人之間別那麼尷尬，不過一看到李崇禮的正面她又心虛的移開視線了。

大眼睛轉來轉去，她一個勁的迴避李崇禮的目光，而他就定定的看著她連半點移動都沒有。

最後芙蓉乾脆低下頭裝作寫字，但視線還是小心翼翼的在眼角留意著李崇禮的舉動。

當李崇禮站起身離開原本的座位時，芙蓉以為自己惹怒他了。自己竟然能把李崇禮惹怒還讓他氣得離座，在這王府已經是可以躋身經典之列吧！

被芙蓉以為生氣離去的李崇禮站在原地猶豫了一會兒，已經邁開的腳步又退了回來，可惜他左右為難的樣子芙蓉因為低著頭全錯過了，但或許正是因為芙蓉沒有看著他，李崇禮才有這樣的表現。錦袖下的手握成拳又鬆開，因為身體還沒養好而偏白的臉龐帶著幾分不安的神色，眉頭也微微的皺起，平本時讓人感到的微憂因為這樣加重了幾分。

李崇禮的腳步一向不重，他不需要故意放輕也能無聲無息的走路。在房間中，四周就是四面牆，人在內又不是神仙當然不可能憑空消失，芙蓉聽到李崇禮輕飄飄的腳步聲以為他是走出書房，卻沒想到影子最後落在她的身邊。

芙蓉看到身邊多出來的影子時立刻抬起頭，她說話前李崇禮先伸手把她拖在桌上的袖子和披帛移了開去，提醒道：「袖子要沾到墨了。」

「謝謝。」十分不好意思的把長袖子收起，要不是李崇禮出聲提醒，她再大筆揮幾下，嫩紅色的袖子就會染上一片墨黑了。

芙蓉把筆放回筆架上，寫來寫去她也沒寫出什麼好法子來，再寫下去也只是浪費昂貴的紙和墨了。拿開紙鎮，李崇禮把還未乾透的紙拿起來仔細端看，認真程度好比莘莘學子為了功名在苦讀四書五經一樣。

芙蓉這個文章原作者也傻眼了，她連自己到底寫了什麼都沒法說得準，因為寫到中段她已經走題，洋洋灑灑一大篇看似寫了很多內容，不過看的人可能最後只能得到一種空虛感。

「不休息一下嗎？」自幼在宮中由不同的老師教導學習，學養充足的李崇禮看完芙蓉這篇說不上流暢的文章後沒有甩到一旁，反而十分珍而重之的擱在一旁待乾。

見芙蓉沒打算再寫下去了，他更動手把她用過的筆洗了。

「就算給我龍床躺著也睡不著。」在椅上沒個正經的坐著，沒有桌面給她趴著，她就把手肘支在椅子的把手上托著頭。芙蓉眼下雖沒黑眼圈，不過因為回來後一直在煩惱姬英逆襲這種事，她的精神確實有點不濟，沒什麼精神像是很睏似的。

「龍床的確不是讓人安枕的好地方。」一邊收拾著書桌上的各種東西，李崇禮思索一下才回了這句。過去曾起過想要爭取的念頭也只是因為自己和母妃的遭遇，那是屬於少年人曾有的衝動。坐在那高高在上的位置看似手裡掌握很多東西，但李崇禮覺得當他藉著那位置得到某些事物的同時，

從他手中有些既得的東西也悄悄的溜走，捉也捉不住。

好比是他在王府中尚算自由的生活，不用操心國家大事，生活無憂。當皇帝除非想當一個千古罵名的昏君外，哪有皇帝是自由的？

現在他當個王爺，將來還有機會離開京城，他可以出去找尋芙蓉的足跡。

雖然誰也沒有說，但李崇禮知道太子之位有了最終的結果，他身邊的危機一解除，芙蓉應該就會離開，到時候即使他開口說想她留下來也是沒用的吧！她不會永遠在他身邊，時間到了她就會離開。如果爭位的風波再鬧得久一點，芙蓉就會在王府、他的身邊留得更久一些吧？這種想法連他自己都覺得可怕。

「也是啦！你這樣說好像有感而發似的。」

「的確是有感而發。」李崇禮微笑著說，雖然和芙蓉說的有些微分別，但沒必要說出來。有時候說多了反而不美。

「你也別想那麼多了。」芙蓉支著頭看著李崇禮仔細整理書桌上的一切，每一件東西他都十分妥善的放回原位，讓她對自己剛才打算把這些文具用品當武器扔出去的舉動感到羞愧。

「沒去想。想多了也是沒辦法的事。」淡淡的聲線，中間頓了頓，最後那句話李崇禮看向芙蓉

說著，他話中帶著的含意只有他自己明白，她沒聽出來不要緊，反正他就是說給自己聽的。

沒有辦法的事。

「這就好。不要去煩惱太多才會延年益壽。」如李崇禮所想，完全沒聽出弦外之音的芙蓉一臉同意的點頭，然後總算坐好了一些，伸了個大大的懶腰。

才伸展完順道打了個呵欠，被芙蓉打發去忙碌的潼兒總算是回來了。他端著的托盤上白玉碗盛裝的黑色湯藥是李崇禮的，而旁邊那碗冰鎮酸梅湯卻是芙蓉的。兩碗東西放在一起，凡是味覺正常一點的人都會想喝那碗酸梅湯而不是喝那碗黑色湯藥。

「哎？」看到冰鎮著的消暑佳品終於送來，芙蓉差點就想撲過去搶自己的酸梅湯，不過跟在潼兒身後走進來書房的人卻令芙蓉把原本已經踏出的腳步收了回去。輕咳了兩聲掩飾自己的尷尬，芙蓉從椅子上起身，繞過書桌走到潼兒的身邊把自己的酸梅湯先拿走了。

「王爺，歐陽大人說有急事。」已經習慣了芙蓉這些舉動的潼兒，臉不改色的把自己的工作做妥，先把白玉碗端到李崇禮的面前，然後比了比正站在書房門外的歐陽子穆。

仍是休養中的歐陽子穆臉色同樣不太好看，沒有李崇禮的首肯，他堅持不敢逾越進入書房，雖然李崇禮早已有言任他出入，但是剛才書房內顛倒了的紅袖添香實況現場，令他在權衡過尷尬指數後決定李崇禮給的特權此刻不適用。

這種不知應否歸類為主子尷尬事的情況，當下屬的最好是來一個眼觀鼻、鼻觀心，絕對不要說自己看見什麼了。只不過是王爺站著丫頭坐著而已，不是什麼大事，怎麼大也比不上他特地過來報告的內容。

芙蓉已經拿了自己的酸梅湯走到一邊去，李崇禮若無其事的坐回案桌前，朝歐陽子穆笑了笑。

「子穆臉色看來不太好。」待歐陽子穆在他面前站定，李崇禮微笑的拿起自己的湯藥輕輕皺了一下眉，然後又看向喝冰鎮酸梅湯喝得正高興的芙蓉。視線回到自己碗裡的黑色藥汁，他定一定神，不著痕跡的閉了口氣，張口就把整碗難喝到極點的東西喝了下去。

李崇禮接過潼兒遞上的絹巾印過嘴角和漱口後，子穆才踏上前一步，這次他沒有再暗示需不需要先讓芙蓉和潼兒迴避了，他知道答案一定是否定的。

「宮中出了點事，王爺。」

「什麼事？」李崇禮有點意外的反問。他已從芙蓉和塗山口中聽了不少，所有皇子身邊差不多都有人或仙人看著，應該不會再出什麼事才對，現在又說宮中出了事，他不禁有一種莫名的心慌。

疑惑的視線投向歐陽子穆，李崇禮知道能讓他整張臉都這麼緊繃不會是什麼小事。只是在李崇禮想像得到的範圍內，能讓歐陽子穆擺出這樣緊繃且欲言又止的表情，宮中一定是出了很大的事，而且和他有切身的關係。

書房中的沉默讓芙蓉和潼兒不自在的退到一邊。原本期待萬分的消暑飲品喝在嘴裡，也好像變得沒有味道似的。把沒喝完的小半碗擱在旁邊，芙蓉推了推身邊的潼兒，讓他趕緊去把說要午睡的塗山找來。

看情況是出了大事，塗山待在王府，怎說也一定要把他拉過來商量。

芙蓉真的想罵一下塗山這隻不合格的狐狸精，他剛好又喜歡穿深色的衣服，其實他不是狐狸是烏鴉精才對吧！說好的不靈驗，說衰的卻是百發百中嗎！剛說完把李崇禮帶出去好引誘姬英找上門，現在真的出狀況了呀！這怎叫人不覺得鬱悶！

芙蓉擔心的看向二人，兩名青年暫時都沒有把注意力放在她身上。李崇禮的神情變得越發凝重，芙蓉在旁邊都看到了他放在膝上的手不自覺的挪了位置，雖然臉上的表情沒有變，但是手上的肢體動作已經把他心中的不安表露出來了。

「是母妃出事了？」李崇禮的聲音中帶著濃濃的自責，他知道如果母妃身邊有什麼事，那一定是因為他才會發生的。

這麼多年了，他的母妃在宮中雖位列四妃之一的賢妃之位，但地位比起其他三妃明顯是處於下風。一直以來張淑妃帶頭下了不少絆子，雖說張淑妃再張狂仍不敢做得太過分，皇后也不會容許她獨大，但那種日子並不好過。要是沒了皇后的制肘，以前他們母子二人在宮中的日子會更加艱難。

張淑妃現在沒了三皇子這個倚仗後，不應該在這時對其他嬪妃下手，孫明尚這位寧王妃身死的嫌疑還沒完全除去，在皇宮內外眾多的視線下，張淑妃沒理由冒險對賢妃再做什麼的。

而且她不是和李崇溫合作了嗎？以李崇溫的個性，他不會讓張淑妃在這種時候生事才對。

「誰？」

「是余修容。宮中傳來的消息是今早余修容帶著自己的宮人到賢妃娘娘宮裡請安，娘娘本以身體欠安為由婉拒，但余修容硬闖，事情隨即傳到皇后那邊了。」

「余修容？」李崇禮狐疑的反問了一下，預想之中他還以為會是張淑妃的親族張昭媛在生事，怎麼憑空跑出一個余修容來？

李崇禮努力回憶自己父皇後宮中那九嬪的臉孔，這位余修容在他的記憶中，品位是在他搬到王府之後才封的，見面的次數不多，宮宴上皇子和後宮嬪妃也不同席，印象中她年紀不大，是個十分安靜的人。這麼久也沒聽過她有參與到後宮那些風風雨雨之中，怎麼現在她的名字卻出現了？

李崇禮扶了扶額頭，整個身子也靠進椅子中，一雙眼睛看著桌上的白宣紙思考著。

歐陽子穆靜靜的在旁邊等待，他知道賢妃宮裡出了狀況李崇禮心裡不會好受，李崇禮會需要時間整理一下這件事可能帶來的影響，也需要時間從余修容的背景去推論背後的指使者。

過了一會兒，李崇禮把扶額的手重新放了下來，蒼白的臉色因為擔心更令人覺得透明，芙蓉看到這樣不忍的上前了兩步，但又硬生生的站住。李崇禮現在的表情她實在沒辦法上去打哈哈或是說些安慰話，記得那天他半躺在床上跟她說他一定要進宮去時，也像是現在這種表情。

面對下定決心的李崇禮，芙蓉知道以自己的口才沒可能說服他，要用重手把他留在王府更不可能，恐怕她把他拖到牆角敲斷了腿，李崇禮還是會命令下人們找輛馬車把他送去宮中。

出了事的是他的母親。為人子者無法不聞不問。

她失策了。以為賢妃宮裡有鍾馗布下的結界就萬無一失，她忘了那個結界擋得了鬼魔，擋得住姬英，卻擋不住心懷不軌的凡人。一柄可以置人於死地的小刀或是一小包見血封喉的毒藥，都是結界擋不住的；比起法術、詛咒等等對凡人來說怪力亂神的方法，這些東西才是人們最常用來傷害自己敵人的手段。

恐怕現在跳出一個余修容也是姬英在背後操作的。說不定之前後宮中的詛咒事件也和這位余修容脫不了關係。

芙蓉回想手邊那些參考書中有一本叫《凡間宮鬥三百例》，書中好像有介紹過類似手法，收買對手身邊的宮女、太監然後指使他們嫁禍其他人，事後把人快手的卡嚓掉來個死無對證，這樣做即使鬥不死那位對手也足夠讓她失寵。

事實證明，上次張昭媛要是沒有張淑妃這個後臺，哪會被治個小罪就沒事了？在宮中施行魘勝之術輕則打入冷宮，重則賜死也可能呀！

想不到活生生的例子真的出現在面前了！但是現在不是她學以致用的時候，余修容已經把矛頭指到自己這邊的陣營來，遠水已經不能救近火了。

怎麼潼兒去叫塗山這麼久也還沒回來？塗山的房間只不過轉幾個彎就能到了呀！他再不來，等會李崇禮就會下命令準備進宮了呀！

芙蓉等得十分焦急。姬英一定已經準備好一連串的陷阱等他們。雖然不排除姬英同一時間也會對付其他人，但姬英既然放不下霜离的事，自然不會有好臉色給白楊的後人看，李崇禮的存在除了因為六皇子的事礙著姬英的眼，更多的恐怕是白楊後人的身分令姬英容不下他。要不然，這麼多皇子，為什麼她要先讓人去詛咒李崇禮母子？落在她手上說不定會被剁成肉醬做包子呀！

「既然皇后知道了，最後怎樣處理？」

「皇后把余修容召到宮裡去訓斥，罰了月俸。」歐陽子穆仍是那副欲言又止的表情，一看就知道他說的不是全部，有些事情他還沒有說出口。

「只是這樣？」

「是的。不過……」

「不過什麼？」李崇禮嘆了口氣。「子穆你一口氣把該說的壞消息都說出來吧！」

他心裡已經有最壞的打算了，宮中事雜，有一個余修容站出來興風作浪難保沒有另一個，以他母妃的個性，面對這些擺明來找麻煩的，她應該只會考慮在此刻這尷尬的節骨眼少惹麻煩比較好，忍一忍就過去了。

息事寧人是好，但在後宮這樣做往往只會令對方變本加厲，這又何嘗不是委屈呢？

作為兒子，母親為自己忍氣吞聲，難道自己就連一點支持都做不到嗎？

「賢妃娘娘急病，皇后已經傳了太醫去了。」

芙蓉聽到這個意外的消息瞪大了眼睛一臉的不可置信，賢妃的身體雖然不算健壯，但是在有人到她宮中鬧事後就突然得了急病，太過可疑了。難不成真的有人下毒？

「等等！」芙蓉快步走上前拉住已經站起身的李崇禮，在歐陽子穆疑惑的視線下，芙蓉快手的下了道障眼法術，讓歐陽子穆一下子看不到她和李崇禮之間在做什麼。

李崇禮沒說話，只是看著芙蓉，眼神中透著絕不妥協的訊息。

「我知道說什麼也阻止不了你進宮的決定，但出發前最起碼給我們一點時間準備吧！」芙蓉拉住李崇禮的手臂不放，活像一放手他就會用跑的往皇宮衝過去一樣。

「我現在就讓子穆去準備入宮事宜。芙蓉妳知道的，如果真是妳說的那位姬英的計謀，這所謂的急病恐怕我遲一步也會抱憾終生的。」

「我知道……」

「明知不可為而為之，芙蓉妳會覺得我很蠢嗎？」

「唉。」她很坦白的大大嘆了口氣。「男子漢嘛！有時候就是要蠢一點，我明白的。」

聽著似是而非的話，李崇禮把芙蓉的話解釋成同意了，他很感激她沒有說些讓他留在王府的大道理。

芙蓉放開手，也解開了剛才的障眼法術，轉身離開前她再看了眼李崇禮的臉，見他堅決的神色不變，她咬了咬牙，在歐陽子穆面前做了做樣子欠身告退。

出了書房，她撩起裙襬往塗山該在的地方全速跑去，正想順勢抬腳把門板踢開時，剛好門被打開，潼兒看見差點招呼到自己身上的鞋底怪叫了一聲扭過身子，幸好他年紀還小筋骨柔韌性十足，不然這個扭腰轉體的動作足以令一個上了年紀的人在床上躺上小半個月。

「塗山在裡面嗎？」房間內看似沒有人，靜悄悄的什麼動靜都沒有，如果塗山在裡面起碼會製造一些聲音出來吧？

「他知道出事後說要準備一下，我正想回去找妳，妳就來了。」潼兒掃了掃自己的胸口順了順氣，剛才他真的以為自己要被天殘腳踢中了。

「時間不多了，李崇禮已經讓人準備入宮的安排。」芙蓉說給潼兒聽之餘也說給房間內的塗山知道，以王府下人準備的速度，最多兩刻鐘李崇禮就會踏出王府大門了。

兩刻鐘時間他們能做的不多，而且他們要去的是皇宮，天知道姬英在那裡或是途中到底布下了什麼天羅地網招呼他們。

摸了摸自己藏在袖子中的百寶袋，天尊的鞭子在，那柄鋒利無比的短刀也在，腐蝕性藥物若干，還有一些她預先畫好的符令，拉拉雜雜的一堆東西都已經好好的放在裡面。正因為剛好在整理這些武器或是應付特殊情況的東西，芙蓉才記起一件事。

「對了！潼兒，早幾天你有沒有在李崇禮的朝服中看到一道符？」那天從宮裡回來後本想提醒潼兒回收給她的，怎知道最後她還是忘了。

「什麼符？」潼兒一頭霧水的看著芙蓉，看樣子是根本沒見過李崇禮身上有什麼符了。

「沒看到就算吧……可能他戴在身上了。」芙蓉對那道符是什麼支支吾吾的不肯說，既然現在負責李崇禮身邊所有事的潼兒都說沒有見過，那麼東西應該還在李崇禮身上。現在符在他身上的話，說不定也是一件好事。

「到底是什麼符呀？」

「別理我的符了。上次東王公說要給李崇禮隨身帶著的救命錦囊，你有好好讓他帶著嗎？」

「我辦事妳放心啦！」潼兒驕傲的挺胸。

他的自信頓時讓芙蓉自慚形穢，反射動作就想說些什麼打擊一下潼兒，可是潼兒的表現太好了，芙蓉發現她連半條小辮子都沒辦法抽出來。

有點不甘心，但真的抓不到小辮子……她的小跟班比她要穩重可靠了嗎？

「潼兒你也一起去，有什麼事情記得當李崇禮的肉盾。」

「妳這樣說我可以選擇不去嗎？」

「你想看東王公般的臉孔被女妖打成肉醬你就不要去吧！」平常哪會有一個女生時不時把血腥的畫面朗朗上口？而且潼兒覺得這類形容詞從芙蓉口中說出來分外的恐怖，十足她自己就是把別人弄得血淋淋的凶手般經驗豐富。

潼兒把手臂冒出來的雞皮疙瘩撫下去後，拍拍臉給自己打氣，這是他第一次跟著芙蓉和塗山外出迎敵，和上次被動的情況不同，所以他特別緊張，走起路來也顯得僵硬。仔細看他走路的姿態已經變成同手同腳了。

「我們走吧！這次我們三個一起出發，絕對不能出任何的差錯！」壓軸的一個從房間裡出來，難得看到總是隨意綁起頭髮的塗山竟然把儀容整理得一絲不苟，衣服也不是平時穿的那套散發著慵懶感覺的及地袍子。

芙蓉打量一下塗山現在的打扮，他竟然穿得像個古代武將般，只差沒有搬一套頭盔護甲出來罷了。不看臉的話，塗山的身材的確是能令人覺得威風凜凜，可是把他那張無法撇掉妖豔味道的臉拼湊上去，妖異的味道立即暴增了幾分。

這傢伙剛才在裡面就是為了換這一身勁裝嗎？難道這是傳說中的決勝裝嗎？

九 女仙女妖大PK

大部分留意著宮裡消息的人已經知道寧王府的人馬為何匆忙，要是大意擋了路，說不定平日沒聽說過會發脾氣的寧王爺也會破例端出王爺架子來，一聲令下把擋路者往死裡整。

「姑娘們跟得上嗎？」

「侍衛大哥放心！絕對跟得上！」芙蓉一邊小跑步一邊笑著回答出於關心來搭話的侍衛。這位年紀也算得上是叔叔了，但芙蓉仍是嘴甜的喊了聲大哥，自然而然又收買了一位心花怒放的叔叔。

「看妳身邊年紀小的跟得很辛苦，真要支持不住喊一聲，快到宮門了。」

「謝了大哥！」芙蓉感謝的點點頭，回頭看了看跟得很辛苦、快要支持不住又年紀小的潼兒。伸手扶了潼兒一把，其實潼兒還沒跑到氣吁吁，不過因為個子小，和別人相比腿就短上了一截，人家走一步他就要走兩步，所以看起來他是一副快要跟不上的樣子。

「轎子晃得這麼厲害，王爺在裡面會不會吐呀？」藉著芙蓉扶著自己，潼兒大口的多換了幾口氣，還有餘暇掏手絹出來擦汗。

「我想李崇禮他的心思都不在暈轎上面了。打起精神來，前面就是宮門了。」看著潼兒擦汗的動作，平時不遺餘力在喊熱的芙蓉出門後竟然沒抱怨過一聲太陽很曬。

她抬頭看了看天色，突然感到渾身不舒服。明明太陽還在頭頂，熱度和光亮依舊，但天空給人的感覺就是空盪盪的，好像太陽的位置比平時高了很多，天空一整個很不自然。

是不是東王公在做些什麼奇怪的事，所以連太陽也跟著怪起來了？

芙蓉為自己的想法笑了笑，東王公怎麼可能做出奇怪的事？

但是日月異常簡直就像是不祥之兆，芙蓉看了看在前面被轎夫抬著疾走的轎子，想到李崇禮和東王公各種微妙的相似之處，現在天上的太陽給她異樣的感覺簡直就像在預言什麼似的。

想到心裡也發毛。芙蓉覺得背上冒出了冷汗，大太陽底下她竟然有一陣寒風吹過的感覺。

她心一驚，這一陣寒氣看來只有她感覺得到，但絕對不是錯覺，她差不多可以肯定是天生對靈氣的敏感度給自己的警示。

「要注意了！有什麼東西在附近。」

「咦！」

「要來了嗎？」一直隱身跟在隊伍中的塗山一閃身掠至芙蓉身邊，他還沒抓準敵人的方向，不過芙蓉的直覺是值得信任的，她說有異樣絕不會錯。

在芙蓉凝重的點頭下，一身勁裝的塗山無聲的移至隊列最前的位置，潼兒也自覺的更貼近轎子旁邊，準備萬一有什麼突發情況時履行他的肉盾任務。

隨著宮門慢慢的在視線中放大，芙蓉的心情越來越不踏實，總是覺得那扇門之後有著什麼。

王府的隊列停了下來，因為早先皇上有旨李崇禮的轎子可以在宮內行走，待領行的侍衛通報後，守門的禁衛放了行，在宮道上走著突然一陣惡寒躥上芙蓉的背，她下意識回頭一看，視線剛好抓到了從背面追上來的一抹黑影。

「塗山小心！」芙蓉把一張預先寫好的符紙擲到地上，在障眼法術生效的同時，她踏地飛起迎上那個疾速而來的敵人。

從氣息上芙蓉確定來者不是姬英本人，但也不會是好應付的對手。一躍起她已經把鞭子拿在手上，她知道自己的攻擊力不高，在敵人偷襲之下，要是她再不先發制人把對方的節奏打斷，他們這一方就變得太被動了。

長鞭劃破空氣的聲音讓轎中的人身軀一震，李崇禮在裡面聽到塗山和芙蓉的話，才踏入皇宮對方就迫不及待的攻擊，接下來還會有什麼等著他？

他嘴角掛著一抹苦笑，他的未來說不定和他現在待在轎子中的情況一樣，能看得見的距離很短，轎簾的隙縫好像透露了一點點的未來，但掀開後可能連自己身處何方都不知道——就像他難以預測的未來。即使有芙蓉他們在身邊，但他今天真的可以安然無恙的回到王府嗎？躲過了今天又如何？之後的呢？這種自己無法掌握未來的感覺很不好受，但卻是沒辦法的事。

「子穆，快一點。」李崇禮敲了敲右側的轎窗，他知道歐陽子穆習慣性的會跟在右手邊。

隊列行進的速度快了起來，芙蓉在半空中也鬆了口氣，只要李崇禮儘快到達賢妃宮裡，那裡有鍾馗的結界算是安全了。

起碼短時間內是安全的。

「芙蓉退下！」

芙蓉才剛鬆了半口氣，突然塗山厲聲一喝，在她回過神的一刻，她人已經被塗山從半空中推回地面，雖然這次不是把她當垃圾扔出去，但人在半空突然被動的轉向再跌回地面，芙蓉的反應若慢個一拍，就會和地面來個親密接觸了。

在最後關頭扭腰轉了個角度著地，衝力讓芙蓉滑開幾米，她覺得她快要換新鞋子了，鞋底恐怕快要磨穿了！這雙鞋子她很喜歡的呀！

花了一秒的時間哀悼快報銷的鞋子，芙蓉再看向天空時，只見雙方已經陷入對峙的僵局了。

難怪塗山出手把她趕回來，敵人的確不是她一人能擋得住的。

半空中，塗山面前的是三隻鬼魔。再次在宮中見到鬼魔芙蓉不覺得奇怪，奇怪的是這些鬼魔的等級比之前見過的厲害，第一次在宮中遇上的那隻和現在的比起來差別太大了。

隨著他們的存在曝光，這三隻鬼魔的妖氣沒再壓抑放射出來，萬一被這麼濃郁的妖氣沾上，包准李崇禮就可以歸天去了。

芙蓉不得不在心裡感激塗山，要是他不出手，以她的實力對上這三隻鬼魔只有一個下場，到時候塗山再出手，李崇禮身邊的戰力也已經少了一人，他們禁不起這樣的消耗。

距離到達賢妃宮殿還有一段路，芙蓉暫時也沒有感覺到異樣，大概第一波的敵人就只有那三隻鬼魔了。雖然可以稍微安心一下，但情況仍不樂觀，他們三人中戰力最強的塗山被拖住了，剩下她和潼兒兩人著實有點令人憂心。

「芙蓉妳要振作！不能老是依賴別人！」給自己打了氣，芙蓉再三確定障眼法術正常運作，同行的人會錯覺以為芙蓉和潼兒仍是乖乖的跟著隊伍走，但其實潼兒已經被芙蓉趕到轎子裡去了。

「雖然很窄，但是潼兒還是比較輕，李崇禮你抱著他不要放手。」

無視兩位當事人的意願，潼兒硬是被芙蓉抓住衣領塞進了正在行進中的轎子裡，潼兒有點吃力的維持著浮空的小法術，盡量不讓轎夫們察覺轎子內多了一個大活人。

王府用的轎子算是比較寬的，兩個大男人擠進去是勉強，但是只加上一個潼兒還是沒問題的，兩個人可以並排坐，沒必要抱在一起。

「芙蓉……妳要小心不要勉強。」叫住了正放下轎簾的少女，看著芙蓉為了自己的安危在外面冒險，李崇禮對自己的決定出現了一些動搖。

芙蓉定睛看著李崇禮，兩人的對視好像維持了很久似的，突然芙蓉燦爛的一笑，白皙的手舉起，李崇禮下意識的也伸出了手，但下一秒他的動作整個僵住，雙眼睜得大大的看著那隻朝自己眉心襲來的手指。

從小到大，哪有人敢彈他的額頭？芙蓉這一擊的確起到讓他腦袋暫時一片空白的效果了。

「放心吧！女仙大人我從來不會勉強，別想太多了！」落落大方的爽朗笑容，如果芙蓉不是把半邊身子探在轎子裡而是站在陽光下，相信秀出來的牙齒都會發出叮的一聲，還伴隨著一記刺眼的閃光。

這種表情讓一些爽直大漢來做比較沒有違和感，可惜，換到芙蓉身上就是格格不入了。

詭異的沉默在三人之間開始瀰漫，在此刻應該緊張的氣氛當中，這一瞬間的沉默卻讓三人笑了出來。

「芙蓉，妳裝出這種英雄豪傑的說話方式好怪。」潼兒強忍著笑意，他知道芙蓉是故意做出這麼奇怪的反應，她在用自己的辦法抒壓，但實在太搞笑了。

「多事，你做好肉盾的工作，有什麼閃失我不放過你呀！」撂下警告，芙蓉再對回過神來的李崇禮豪邁的一笑：「今次你不要輕舉妄動，看到危險還從潼兒身邊衝出去，知道沒？」

李崇禮抿了抿唇沒有回答，他不敢實實在在的答應他什麼都不做。

「算了。總之你記著，你最重要的就是顧好自己，別把自己置於危險中，我忙起來兼顧不了太多的。」芙蓉輕輕嘆了口氣，李崇禮的嘴閉得緊緊的連敷衍的說話也不說，他這樣等同一種無言的拒絕。看來她等會要小心一點，留意著他會不會衝出來了。

或許她先一步把有可能導致李崇禮亂來的人物都處理掉比較好。考慮著處理手法時，芙蓉看了一眼跟在轎旁的歐陽子穆，這青年雖然和自己沒太好的交情，但看在他對潼兒不錯又是李崇禮的朋友分上，她會記得好好照顧的。

再來就是最能令李崇禮不惜一切的賢妃了吧？

※　※　※

從轎子中出來後，芙蓉手執長鞭走在前頭，不時眼光擔心的回望塗山和鬼魔對峙的那片天空。他們還沒真正的動手，四周的靈氣已經開始混雜，還好有把潼兒帶出來，不然光是從鬼魔身上散發出來的邪氣足以讓李崇禮又躺上十天半個月了。

從第一道宮門往內走，在宮道上走了好一會兒，芙蓉知道賢妃宮殿距離他們已經不遠了，越過圍牆便看到宮殿的一角建築。在歐陽子穆向李崇禮報告過後，轎子就緩緩停了下來。

即使皇帝開了金口准李崇禮的轎子在大內行走，但李崇禮從來不會這麼明目張膽的把特權用盡，在最近的一座宮門停下後他便下了轎。依照宮規，能進賢妃宮殿的男人就只有李崇禮一人，其他男性都要在外面等候。

當芙蓉把李崇禮挾在身邊，跟著從宮裡出迎的領路太監走著時，她赫然看見站在賢妃宮門前的一個侍女，那張臉無疑是她現在最不想見的人。

為什麼姬英會明目張膽的站在這裡？

李崇禮沒有見過姬英，芙蓉連忙伸手擋住他們兩人，但早她一步的李崇禮已經停下了腳步。姬英以宮女的姿態現身，在場所有的人都看得見她，她嫣然一笑，腳下踩著優雅熟練的細碎蓮步，一身翠色宮娥裝束的打扮跟在領路的太監身後，光明正大的就要走到李崇禮的面前了。

芙蓉警戒的看著姬英，她每一個動作、每走一步，芙蓉都小心的在腦海中分析。要是姬英使出自己學過的法術，雖然不一定能完全阻止，但她可以試著找出對抗的方法讓自己不會被打得很慘。姬英如此大膽的正面出現，一定是有很大的把握，說不定她早已經在賢妃宮殿的外圍埋下了什麼，只要她在特定的地點做些什麼就能啟動法術。

最讓芙蓉現在又氣又急的是，同樣在宮裡，但九天玄女竟然一點表示都沒有！姬英就這樣大剌剌的在玄女眼皮子底下出沒，九天玄女真的會不知道嗎？誰這樣跟她說，她一定不客氣的把對方打成白痴讓他們重新認識世界！

眼看姬英就要暢行無阻的來到面前，芙蓉竟然發現自己找不到理由把姬英偽裝的宮女解決掉，論表面的身分，她只是王府中的一個丫頭，和宮裡的宮女比是差了一截，偏偏還有個領路的太監在，害她沒辦法動手，礙眼極了。

就在芙蓉打算對領路太監下點障眼法術好趁機帶李崇禮逃走時，被她牢牢擋在身後的李崇禮聲音一沉叫住來人，領路太監一臉茫然的看向李崇禮，像一般宮人遇到主子莫名刁難時的標準表情。

「你身後的宮女很面生，本王沒聽說娘娘宮中有這一個人存在。」

「王爺事忙……」

「你是聽不出我在說什麼嗎？」

「王爺恕罪……奴才……」領路太監不明所以的看著李崇禮，在他的眼中，跟在他身後的宮女根本就沒什麼特別，在他的印象中賢妃宮裡的人從來都沒有更換過，李崇禮說他身後的宮女面生，但他卻覺得自己每天都看得見她呀！

「你沒罪，有罪的是蒙蔽所有人雙眼的她而已。」李崇禮說到一半，這名太監已經軟軟倒下，迎接的那方也只剩下姬英一人站著。

李崇禮目不斜視的看著姬英。

以姬英的外貌，即使她不用任何魅惑的法術也足夠吸引異性的視線，雖然李崇禮有著芙蓉他們的保護，但是姬英故意選擇出現在他面前也是一種好奇的心態。

如果李崇禮看到她後會有什麼驚豔的反應？這絕對是給塗山和芙蓉最有效果的嘲諷。

「和我聽說的不同，今天一見才發現五殿下還是挺硬氣的。」沒了外人，姬英褪下宮女的偽裝，仍是一身嫩綠的打扮，但給人的感覺卻和剛才的無害截然不同了。

漫天的妖氣從姬英身上散發而出，被她的妖氣影響，隱約看到姬英背後賢妃的宮殿和潼兒身邊泛起一層薄薄的虹光，把姬英的妖氣擋住了。

「對不同的人自然有不同的態度。對妳，這樣就足夠了。」看到那片常人眼中看不見的虹光，李崇禮頓時安心了不少，被妖邪之氣侵體所受的傷害有多難受他最清楚，自然是不希望母妃也親身承受。

「哦！我在這裡代表什麼相信五殿下已經十分清楚明白，不如你乖乖就範如何？」

「恕難從命。」

「妳休想！當我死了嗎？」

芙蓉和李崇禮不約而同的說，前者更已經搖身一變化身老母雞護雛般的在李崇禮身前張牙舞爪，手中的長鞭也是蓄勢待發的狀態了。

「放心，我本來就沒打算放過妳的。」

「哦！多謝了，我也不想放過妳！」本來想大喊一聲納命來用以壯大自己的聲勢，但慣例喊了這句也就要出手，芙蓉不認為現在是好時機，要打也得先把李崇禮送到宮殿中才能開打。

「是嗎？」姬英淡淡一笑，她支起白嫩的手掩嘴一笑。

她的動作很自然的讓人的視線跟著看過去，但芙蓉頓時心底發毛，她記得姬英其中一條手臂是蛇來著！上一次她就是被對方那隻蛇臂捲上幾圈，差一點就被勒死了！

果然，姬英沒動的那隻手突然化成一條粗壯的長鞭朝李崇禮的面門襲去，早一步察覺這一擊，芙蓉反身把李崇禮連潼兒兩人重重的撞了開去，這一撞可是她出盡了九牛二虎之力，哪怕是撞輕了一點點，李崇禮也會被打中的。

雖說有肉盾保護，但誰敢說潼兒身上的防禦法術不會在重要關頭失靈？

「潼兒快！」才喊了一聲，芙蓉已經被姬英的那隻蛇手拍飛，慶幸的是芙蓉不是完全沒有防備，雙手擋在胸前被打上半空後翻身一轉、長鞭一甩，反擊起來了。

雖然她覺得剛才這一下真的是痛死了，皺起眉咬牙忍著身上的痛，芙蓉把她半吊子的鞭法全部使了出來，幸好她用的是天尊的鞭子，鞭子本身的威力可以在一定程度中彌補了芙蓉的失利，最起碼現在成功阻截了姬英的腳步。

長鞭纏住姬英的蛇手後，芙蓉使勁的往一旁拉，以李崇禮和潼兒現在所在的位置，這條會變長的手臂是目前最大的威脅。

姬英笑了。

「芙蓉！」

聽到潼兒的叫聲，發現他竟然和李崇禮站定在原地沒有走，視線看著她一臉緊張，連李崇禮那

波瀾不驚的臉也同樣慌亂，芙蓉看到潼兒似乎很用力才拉住了李崇禮。

匆匆一眼芙蓉竟然看到這麼多東西，事後她得好好自豪一下了，但現在她得先壓下心裡的慌亂。他們的表情告訴她自己的背後有什麼，雖然她沒有感到什麼可疑的氣息，但是之前有試過自己對靈氣的感應失靈，芙蓉不敢掉以輕心連忙轉過身，換成單手持鞭好騰空一隻手來應付突發狀況。

轉過身，但是視線裡卻沒有預想中應該會出現的敵人。

芙蓉咬了咬牙，潼兒和李崇禮是不會騙她的，所以一定是有什麼只是她沒發現，此刻她真的感到前所未有的危機感，她深覺自己的實力以一對二太吃力了，光是做到眼觀四路耳聽八方太困難。

手上的鞭子傳來一股拉力，芙蓉反射動作的扯回來，就在這時，一團只有半人高的東西突然從下方撞向芙蓉，這次她真的是沒有防備的被撞開，肩膀的位置還被對方身上帶著的爪子劃了一道血口。

芙蓉一被撞開失了重心，姬英立即趁機一拉纏在手上的鞭子，芙蓉整個人就被扯往姬英那邊去。上一次對戰孫明尚時也發生過同樣的情況，芙蓉立即鬆鞭，但姬英等的不是芙蓉整個人摔到她面前，而是等待著她鬆開纏在自己蛇手上鞭子的一刻。

從頭到尾，姬英都沒有把李崇禮視作她的襲擊目標，從她把妖氣釋放出來開始就已經知道待在李崇禮身邊看似什麼用都沒有的小孩是個踢不穿的鐵板，他身上一直有一個防禦法術在運作，但因為不是直接受到攻擊，所以沒有把他身上的法術完整激起。

既然那一邊有難以攻破的法術，那她何不先把礙眼的小東西解決掉？

蛇手重獲自由後不是後撤，而是角度一轉直接朝芙蓉纏過去，芙蓉沒猜到對方會反過來先攻擊自己，勉強把纏在身邊拖住她行動的那團黑影用符令爆掉，卻來不及擋開朝自己襲來的蛇手。

視線中姬英的手上多了幾道之前不見的咒令，但芙蓉沒時間細想當中有什麼作用。被打飛的話應該會自然的發出慘叫，芙蓉一直都是這樣想的，不過當自己真正被人打飛出去後她才發現，原來慘叫也是需要餘裕才能做到的，她現在覺得連換氣都成問題，不要說發出慘叫了。

「我的計畫中有塗山的存在，有季芑，也會有仙界來的仙人。但是妳對我來說卻是個完全的意外。」

當芙蓉跌在地上時姬英還沒有鬆手，她覆滿青鱗的蛇手掐住芙蓉的脖子，用力不大不小剛好讓她不掙扎就喘不上氣，但又沒大力到讓她氣絕。

「芙蓉！」

「不能去！」潼兒死命的拉住想要奔過去的李崇禮，他看到這情況心裡也很焦急，急得快要哭

出來了，但潼兒知道自己能做的有限，他現在要做的就是好好看住李崇禮，不能讓他出半點意外。

潼兒咬著下唇死死忍著想哭鼻子的感覺，芙蓉都被打趴在地上了竟然還抽空跟他大打眼色……為了不讓芙蓉有更多的顧忌，潼兒深吸了口氣後拉著李崇禮一個勁的往宮殿那邊的結界跑去。

看到潼兒總算回過神採取行動後，芙蓉安心了一下，然後才把心思放在自己的處境上。

她覺得噁心死了，上回被這蛇手纏在腰上已經讓她渾身冒出雞皮疙瘩，現在直接纏到脖子上，那冰涼像是很滑溜卻又粗糙的矛盾感覺讓她不由自主的打了個冷顫。

被人勒住脖子第一個反應自然是想把他們的手扳開，但芙蓉悶著一口氣想的卻是摸刀子。對方都打定主意對付她，會放開她就是腦殘了。姬英這蛇手的怪力她也沒辦法掙開，不如賭一下在她的手上開個洞說不定還有一絲生機。

姬英一步一步走向芙蓉，兩人的距離逐漸縮短，在兩人大概還有五步左右的距離時，芙蓉終於找到機會把手上現在沒用了的鞭子換成短刀，手起刀落的在蛇手上刺了一記，鮮血像是噴泉一樣湧出，但是勒在芙蓉脖子上的手卻沒有鬆開，只是鮮血不停的落下。

「今天無論事成事敗我也只有一個下場，我還需要在意這一點點的痛嗎？」

姬英已經站在芙蓉的面前，那隻蛇手也變回了手臂的正常長度，她沒有異變的另一隻手像是很愛惜般的把芙蓉亂了的頭髮撥好，然後指尖順著芙蓉的頰邊滑下。

「既然如此妳還想做什麼？」芙蓉狠狠的瞪著姬英，長這麼大，她在仙界也沒試過被人這般對待，即使是和她極不對盤的女仙們，最多也只是在背後說點不好聽的話。

體罰更是從來沒有過的事！

因為人躺在地上的關係，芙蓉刺傷姬英手臂所流出來的鮮血全都沿著姬英的手流到她的身上，不用片刻，她身上已經滿是自己和別人的血跡。肩上的傷口還算好，芙蓉開始時有感到麻痛的感覺，現在已經大減也能夠用力了，看情況那只是單純的攻擊，沒有夾雜什麼奇怪的法術或是邪氣。

「能多除掉一個都是好的，最後也拉個女仙做我的墊背，妳覺得這提議如何？」輕輕拍了拍芙蓉的臉，姬英動了動蛇手上尖銳的指甲，作勢就要在她的臉上劃一道傷痕。

「妳也太抬舉我了，想要找人墊背妳不去找塗山他們嗎？再高層次一點的，妳可以找九天玄女呀！她一定很樂意和妳玩的。」

姬英臉色變了一變，看來敵人中有九天玄女這一號響噹噹的人物讓姬英心情不太好，芙蓉一說完就覺得脖子被人勒得更緊了。

「塗山被我的手下纏著，季芑在賢妃宮裡一步也不可以離開。我出來這麼久，九天玄女都沒有

反應，妳覺得她會救妳？」

芙蓉當然想回答了，她真的想大喊九天玄女從一開始就在草菅人命的。姬英和自己在某種程度上可說是有著共同的敵人呀！可惜到了這關頭，不用奢望還有可能和姬英手牽手做好朋友，姬英不立即把她的脖子扭斷已經很仁慈了。

張開口卻不成聲，芙蓉不停在心裡叫自己冷靜，太緊張和害怕會把肺裡的空氣用得更多，不用再打下去她就先窒息死了。她必須多堅持一會兒，在李崇禮和潼兒到達安全的地方之前，她必須要留住姬英的注意力。

她們現在相距太近，鞭子用不上，短刀也已經插在姬英的手臂上了，手上拿得出來當武器的只剩下一些預先做好的符令和那些煉丹成品。

「要是沒有妳幫了李崇禮一把，我早就把他解決掉了。」

「妳要是想對付我就過來，放開她。」

聽到這聲音芙蓉嚇了一大跳，她的視線沒辦法看到聲音的主人，但是從聲音的方向來判斷，她知道李崇禮人就站在自己不遠處。

他竟然走回頭了。

「小小一個凡人以這種口氣和我說話會有什麼後果呢？加上你是白楊的後人……」

「王爺！我求你了！我們打不過她的，快跟我進去好不好！」

潼兒死拉住李崇禮的手，李崇禮再體弱好歹也是個大人，潼兒的小身板再大力也無用。李崇禮堅持往回走，走了幾步就已經出了結界的範圍，急得潼兒哭出來了。

「走……」走呀！笨蛋！芙蓉也急起來了，姬英都說了要找人墊背，他從安全的地方跑出來是想做什麼！難道姬英手起刀落把他宰了後就不會對她下手嗎？笨蛋也不會這樣認為吧！

李崇禮站著，即使是現在，他的神情仍是帶著一抹淡然，只是眼神卻完全不同了。他的身子在成年男子中算是單薄，但現在站出來卻讓人覺得他那身板滿可靠的。

芙蓉也在一瞬間產生了這種錯覺，同時她歸咎於李崇禮和東王公長得太像的緣故，現在李崇禮這樣站出來她竟然覺得他不會有事，就這樣用淡然的神情把事情扛下。不過這感想並沒有維持太久，芙蓉知道李崇禮那身子和普通人肉搏也沒可能有多少勝算，更別說跳級挑戰姬英了。

「你想死我自然會成全，不過不會讓你死得太痛快。」姬英臉上有一抹凶狠的厲色，似乎李崇禮走回來的這一舉動觸動了她心底的不快，她冷厲的眸子盯著手底下的芙蓉，然後一抹愉快又殘忍的笑從她的嘴角開始蔓延。

「妳很擔心他吧！我讓妳回去他身邊……」

話的結尾部分芙蓉只聽到模糊的聲音，脖子一緊眼前一黑，芙蓉只覺得那一下子她的意識快速飄遠，但下一秒脖子上傳來激烈的刺痛，那種痛和上次被妖氣弄傷手時一樣，姬英在對自己做什麼即使現在看不到也猜得到了。

張開嘴卻吸不到一口空氣也叫不出聲音，在芙蓉以為自己要魂飛魄散之際，突然隱約感到自己身子一輕，然後撞上了什麼。

「芙蓉！」

她又被人當垃圾扔出去了！撞到東西後著地，她覺得渾身都在痛。聽到有人在叫自己，芙蓉用盡氣力撐起身，同時感覺到有人扶著自己，當她看清是李崇禮時，連忙把他往自己的身後拉。眼前的既然是李崇禮，那剛才變成她墊背反被彈開的百分之百是潼兒了。現在連他的聲音都沒有聽見，應該已經撞暈了。

如果只是暈了也無礙，他身上有東王公的法術，即使他睡在戰場的旁邊也會毫髮無傷。

但是！在場最該被保護的為什麼出現在她身邊？

「……！」芙蓉想叫李崇禮快點逃跑，只要他回到結界之中就不會有危險了，但偏偏現在她沒

辦法出聲，脖子上纏繞的邪氣讓她連呼吸都很困難。

沒辦法用語言表達，芙蓉死命的用力把他推開，可是她現在的狀態竟然連李崇禮都推不開，甚至連他扶住她的手都掙不脫。

她急了，姬英最拿手的不是那隻變異的青鱗蛇手，而是她本身有的那種帶毒的鱗粉。芙蓉看過她把鱗粉操控成帶狀，但是擴散的芙蓉是第一次見。

不可以讓李崇禮碰到！

「逃……呀！我……沒事……的！」

芙蓉勉強的吐出這幾個字，原本清靈的嗓音現在一片沙啞刺耳，李崇禮聽了只是搖了搖頭，反而把她更小心的護在懷中。

不理會二人男女之別，李崇禮背對著姬英把芙蓉拉到懷裡。「做不到，眼睜睜的看著你們為我做了這麼多，我卻只能躲在安全的地方，沒辦法……我做不到。」

一聲「我做不到」說得無奈，但當中的堅決又不可動搖。

李崇禮也知道自己現在的舉動是抹煞了芙蓉他們一直以來的努力，從他們出現在自己的身邊開始，多了他們這些助力，不論自己因此得到或失去什麼，他真的覺得自己的生活多了色彩。

無論如何，這都是他不能抹去的事實。

他們幫了自己，但自己什麼也沒辦法回饋。他想像過很多次自己和他們分別時的情景，可像今天這樣他們一個個在自己眼前遇險倒下的畫面，他卻從來沒有想過。

他絕對不希望看到這樣的畫面……犧牲別人來讓自己得救的這種做法，唯獨這種是他不想做的！

自幼長大的環境中看過很多，宮女、太監這些下僕之間惹怒主子，為了保命出賣朋友誣陷別人是常事，朝堂上為了利益也會用各種手段打擊敵人，位於上位的為了保住自己的地位何嘗不會把手下的一些小官推出去當替死鬼？就連皇家之中這種事在暗地裡也多的是。

所以他不是坐上龍椅最好的人選，不論他有沒有野心，光是性情已經不合格了。

他知道自己什麼都做不到，留在原地等著絕對是死路一條，但是他寧願鼓起勇氣去面對，也不想像喪家之犬般躲躲藏藏。

比自己纖細的手拉住他胸前的衣襟，看到她現在痛苦的樣子、沙啞的聲音，李崇禮心裡是滿滿的不捨和愧疚。

第二次了，因為他，芙蓉身上出現了傷痕。

她還在想著把他推去安全的地方，沒想到自己身上的狼狽和傷口在他眼中是多麼的刺眼。

其實只要她在他看得到的地方，精神奕奕的笑，不時弄些小意外或是笑話，已經是在他沒什麼目標的人生中大大地幫了一把。

「你……你會死的！」

是的。芙蓉說得對，他現在的逞強絕對會害死自己的。所以她經常帶著濃濃笑意的臉現在愁眉苦臉，眼角也冒了點淚花。不知道這淚是為了他，還是因為她身上的傷，但不管是哪個原因，他也不想這張臉有眼淚在上面。

「如果要若無其事的把你們撇下而換得自己平安，我寧願死。否則即使我平安脫險了，我一生也會活在在內疚中。」抬頭看了一下自己的處境，他和芙蓉現在就在姬英的股掌之下，看姬英從容的不急著處置他們，被拖住的塗山應該一時之間沒辦法脫身過來。

李崇禮笑了一下，心想現在自己還心存僥倖能有救兵真是太天真了。

「笨蛋！」芙蓉掙扎著，她心想如果現在布下一個結界來不來得及？應該是來不及了，芙蓉看到姬英越發猙獰的微笑，心知對方是不可能讓她有時間這樣做的。

黑色的鱗粉已經在伸手可及的地方把芙蓉和李崇禮包圍著，他們兩個陷入了插翅難飛的景況。

芙蓉咬牙不服輸，她不是不明白李崇禮為什麼堅持不肯逃。換了是一個有點骨氣的男人，也是難忍自己被小孩和女人保護，這種骨氣是笨，尤其現在這情況下更加是笨死了，但芙蓉除了無奈之外，卻無法想出什麼責備他的話語。

「如果今天死在這裡也是命中註定，我也認了。過後請幫我向塗山說聲對不起。」

「笨蛋，我雖然是神仙，但姬英一定會把我打成肉末……死定了……」

「對不起。」

黑色的鱗粉降下，伴隨而來的是姬英狂放的笑聲，還有姬英為保證剷草除根的法術攻擊……

十
那個東君的溫柔啊……

這次完了。

芙蓉手握著自己事前準備的符令，勉強支起一個防禦法術，但她知道這種倉促成型的防禦法術是沒法完全抵擋姬英的攻擊。如果以她自身的靈氣把李崇禮包住的話，說不定能保他一命……

短短幾秒之間芙蓉想了很多也試著去實行，但來不及了。

身處其中，她終於明白仙界天將在外斬妖除魔是一種什麼樣的情況。她以前跟著去覺得沒什麼，現在自己親身感受到這種面對敵人時處於下風，要保護的人在身邊但自己無能為力的無力感，著實令人難受和焦急。

這一刻芙蓉覺得以前的自己太天真，在仙界過得太順遂，什麼挫折、失敗基本上都沒試過。下凡遇見塗山，她第一次覺得自己的實力不足；遇到鬼魘，她一樣需要別人救她。現在也一樣，面對眼前的敵人她什麼都做不到。

她這次下凡來是為了還債和歷練，芙蓉很清楚兩者之間應該是後者較重要，但是如果李崇禮的事是給她的歷練，無疑在他身上牽扯出來的事件不是她一個女仙可以解決得了的。是九天玄女的安排，而她就在長生殿那裡。

這邊發生的事，玄女一定會知道的，但為什麼到現在還是無動於衷？

明知道她一個人辦不成，明知道她一個人打不過姬英，玄女自己也早已經潛伏在凡間了，她沒理由不知道這次的工作有多麼危險，但從一開始到現在最危急的時刻，九天玄女還是沒有任何的動靜。

之前嘴上說著九天玄女在草菅人命，看來她原本真的是打算這樣做呢！即使歷練的目的就是讓菜鳥自己成長面對一切，但死了的話還談什麼歷練？而且還是一開始就越級挑戰的工作？

如果這次死不了，說她是小人也好，芙蓉心想一定要在玉皇面前數落九天玄女的各種壞話，讓玉皇替她出一口汙氣！

凡人總是說，臨死前回憶就像走馬燈一樣在眼前閃過。當她抱怨完，姬英那道法術做成的閃光也已經來到眼前，眼看就要打中李崇禮的背了。

「不……不要！」

沙啞的聲音用盡最後的努力喊叫，從未身陷如此生死一線的芙蓉本能的把身上的靈氣釋放開來，意圖用自己的身體保護身邊的凡人一命。

她知道來不及了，但還是做了。

激烈的閃光掠過，芙蓉覺得黑前一黑，強光奪去她的視覺，她在不明的視線中只感到有人靠到她的身上，在對方的身體碰到她的肩膀時，她的眼淚無聲的滑下。芙蓉咬著唇，忍著不讓自己有半點聲音，也不忍去看李崇禮變成什麼樣子。

視線從一片黑色開始慢慢變成彩色，四周的景物雖然依舊模糊，但隱約已能看得見輪廓。可是芙蓉不敢看，她怕睜開眼看到之後，所有最壞的情況會變成事實，讓她連奢想一切會沒事的小小機會都沒有了。

空中黑色的鱗粉仍圍在芙蓉他們身邊，雷光般的一擊打出之後，姬英等待著看到成果來滿足自己報復的快感，可是在雷光閃過的同時，一道白光閃現讓她嘴角的笑容僵住了。

冷汗不受控制的滑下額角，姬英感到四肢一涼，連指尖也因為太過緊張而變得冰冷。她的本能告訴她危險迫近，連皮膚都冒出一整片的雞皮疙瘩。

這道白光姬英不陌生，下意識她扶住了自己因為符令壓制的效力減弱而開始生痛的青鱗手臂，勉強壓下因為排斥所引起的顫抖。

這道白光又再度出現，難道是九天玄女真的來了？

姬英小心留意著四周，尋找最容易逃走的方向，她要走就一定要以最快的速度往皇宮之外逃去，遲了一步什麼都會來不及。

「的確。有時候來遲一步，失了最好的時機，往往令人追悔莫及。」

聲音突然在姬英耳邊響起，聲音淡然沒有太多高低起伏，卻給人一種正在嘆息的感覺。

姬英艱難的壓下心中的恐懼感連續退後了幾步，但是無論她退多少步，那聲音仍然在她的耳邊，沒有變得更大聲，也沒有變得小聲——這是傳音法術，只有她一人聽得到對方的聲音。

上次被對方一擊傷了神魂，對那一擊的威力姬英現在回想起來仍心生恐懼。果然，她不理會對方的警告暗示，那白光中的人影再一次出現了。而這次對方帶來的威壓更大，姬英以自己的經驗判斷，現在她感受到的如果是對方真實的一面，那上次打傷她的只是一個影子。

逃……一定要逃！

但姬英發現整個身體不受自己控制，四周連一絲施法的波動她都沒察覺到，身體就已經動不了。她維持著想退後的姿態，一臉惶恐不安的立於原地，對方只控制了她的身體，並沒有下禁制限制她的妖力，她所操控四散的鱗粉還在，但這種東西對白光中的人來說只是小孩子般的遊戲，連認真看一眼都沒有，自然也不會擔心這些東西會帶給自己任何的傷害。

在這個人眼中，現在沒有比懷中的人更重要的事物。

「距離上次見面沒隔多久，妳這樣子實在令人擔心。」

輕輕淡淡的聲音在芙蓉耳邊響起，她感覺到一直環住自己、保護著自己的手臂換了姿勢，比起之前更明確的把她輕輕擁著。對現在的她來說，一個親切的擁抱比什麼都重要。

就像是驚慌過後再見到能倚靠的人時所產生的安心和信任感，芙蓉嘴一癟，先前忍著的淚水決堤般流下來，手也不自覺的抓住對方的衣襟，咬著唇哭著，又偏偏要忍著不讓自己哭出聲。

白光還沒有完全脫去，芙蓉淚眼婆娑的對輕輕抱住自己的人是什麼樣子根本看不真切，但那淡然帶著微微笑意的聲音和那一身雪白的顏色，在普天之下沒有第二個人是相同的了。

就連他的兄弟擁有的一頭白髮，也和他的有著明顯區別。

「我來，不是為了看妳這樣子的。」聲音中多了一分真切的嘆息，他輕輕撫著她的背哄著她，知道她不喜歡對別人示弱，他就不提她在哭的事。

「東王公……李崇禮他……」

聽到這沙啞的聲音，東王公輕輕皺了皺眉頭，雖然凡間的情況他一直都在看著，但是隔著寶貝觀看和親自在現場看到、聽到的完全是兩種感覺。

沙啞的聲音，身上的血汙，他趕到前芙蓉受到的攻擊都令東王公的心情越來越惡劣。

他很生氣。但自始至終，他的嘴角仍是帶著一道淡淡的笑，在白光褪去前的最後一刻，東王公用只有他一人能穿的九色雲袍袖角給芙蓉拭去臉上的淚痕，還把她脖子上的傷一併處理。

「放心，我既然來了，等事情完結我自會還給妳一個完好無缺的李崇禮，不會讓妳的工作失敗的。」東王公輕輕抹去她的眼淚，他知道她的視線還沒能看得完全清楚，目光的焦距抓不準，她想伸手抓住他的手臂卻抓空了幾次。

「不為了我的工作，東王公你也幫幫他……好不好？」自己擦了把臉，想到同是女仙的九天玄女放著自己自生自滅，但東王公卻親自來救自己，這反差怎不讓她生出各式不同的情緒。

比起近在咫尺的九天玄女，東王公要下凡來更是麻煩，但他來了而九天玄女卻沒有出現，在芙蓉心裡對九天玄女的不滿已經上漲到無以復加的地步了。

東王公想了一下後，還是同意了。

由東王公出手幫李崇禮一把，這和讓芙蓉幫一把是兩個層次的事，但他沒有考慮很久就答應了。以他的作風，既然他答應了就會貫徹始終。

東王公把芙蓉抱起移到潼兒旁邊放下，看著潼兒雙眼翻白的樣子，他也憐惜的用法術把潼兒頭

上的腫包消掉，但沒讓潼兒醒過來。很快就聽見潼兒發出安穩的呼吸聲。

他拉起潼兒的衣袖摸了一下，潼兒套在手臂上的是一個拇指粗的玉臂釧，東王公的手指在其上劃了一下，隨即一列列符令在臂釧上閃動，再擴大像是投影般的在芙蓉和潼兒身邊形成一個個符令圈子不停的轉著。

「這是……」視線逐漸回復清晰，芙蓉瞇著眼睛想看清楚點時，一隻手掌覆在她的眼上，一陣暖暖的感覺流過，東王公的手拿開時，她的視線完全變得清明了。

「謝謝。」看清楚之後發現東王公和自己的距離原來非常的近，近得對方有多少根睫毛都能清楚的數出來。東王公那雙紫藍色的眼睛近距離的盯著她看，他眼中的笑意現在讓她覺得十分親切，不自覺的她笑了一下，很愉快的、安心的笑著。

東王公回以一笑，確定暫時在芙蓉身上沒有什麼即時性的問題後他站起身，雪白的長髮隨著他的動作搖曳，像是雪絲的絲線般在衣服上滑過。

紫藍色的眼睛看了一眼四周的黑色鱗粉，東王公既沒有畫任何的符令，也沒有誦唸任何的咒語，他只是目光掃了一下，那些四散的毒鱗粉就憑空被蒸發掉了。就像是被太陽曬得燙腳的地板上意外灑上的水珠一樣，轉眼間連半點痕跡也沒有就全部消失不見。

「這鬧劇該是結束的時候了。」

※　※　※

塗山不可置信的看著眼前的情況，他以一敵三，對付三隻鬼魔為的就是讓芙蓉有時間儘快把李崇禮帶到賢妃宮殿的結界中，既然這裡有鬼魔攔路，那在前面等待的很有可能是姬英本人。

雖然知道，但他還是讓芙蓉帶著人過去了。芙蓉一個人是戰力不足，但相比把她扔下來面對三隻絕對對付不了的鬼魔，讓她先走仍是一個比較好的選擇。

當他感覺到姬英的妖氣沖天而起時，他是真的想儘快把敵人解決趕去幫忙。如果是單對單，塗山絕對辦得到，但一對三就有點吃力了，再加上姬英留待最後才派出來的這三隻鬼魔應該是最強的，與他之前消滅過的完全不是同一層級。

他要讓自己毫髮無損已經很勉強，更別說速戰速決了。

他心裡不是沒有擔心，但慶幸的是潼兒身上有絕對安全的防禦法術，只要不被秒殺，芙蓉那丫頭一定有辦法給自己找來一群打手的。

塗山是這樣想的，所以當賢妃宮殿的方向爆出一抹不太熟悉的強大仙氣時，他完全被嚇到了。他從沒想過芙蓉找來的打手……不，把那一位說成是打手絕對是太過失禮，就連稱他為幫手都令人有一種心虛的感覺。

他真的不敢相信下凡來幫芙蓉的竟然會是仙界的巨頭之一！

屬於那一位的靈氣波動只出現了很短的時間，芙蓉他們身處的位置隨即生出像是牆壁的阻隔結界，不只是那一位的氣息完全消失，連姬英、芙蓉等人的氣息也同樣被屏蔽。

在塗山略微分神的一瞬間，其中一隻鬼魔手上化成的利爪劃向他的胸前，把他胸前的飾繩割斷了！

「分神了呢！塗山。要是躲慢一點，你的胸口就要被挖一個血窟窿了。」

飄飄的聲音在身後響起，塗山第一反應是渾身的寒毛全都豎了起來，他告訴自己最好不要好奇的回頭看，不然一定會看到一張欠揍的臉。

「太上敕令……」

完整的一串咒語從背後那人口中順暢無阻的唸出，除了咒令，塗山更看到仙人憑空畫符的光線，符咒完成的那一刻，三隻鬼魔被術法的禁制困在一定的範圍，總算是抒解塗山的困境。

「真是難得看到塗山會陷於苦戰呀！」

「為什麼你會在這裡？你們不是已經回去了嗎？」確定現況已經安全之後，塗山疑惑的看向身後，果然看到一個不該出現的人。

「我們做小的最常用到的一句話叫做身不由己。塗山你明白身不由己的意思吧？」那人一張口就是牛頭不對馬嘴，聽得塗山嘴角抽搐，額頭青筋暴現。

和這個人說話，無論何時何地都是令人頭痛萬分的不著調，即使身陷險境也絕對會讓人完全沒了危機感，只顧著想把這個自己人先揍一頓。

「你再把我當白痴耍，小心我連你也一起揍！」

「真是沒良心呀！早知道就讓你被那三隻鬼魔多打幾下再出手了。」只不過是出場施了一個法術，這人竟然已經不停的在搥肩拍背的，好像剛才不是唸個咒語、畫個符就了事，而是讓他去挑水擔泥似的。

「你完全沒有回答過我的問題。」越看塗山就越想動手，但是動手之前他要先把對方出現的原因弄個清楚明白。

才剛知道芙蓉那邊來了位重量級人馬，他這邊就來了地府十王之一，雖然在這次姬英的事件中，對方也不是第一次出現，但是明明已經回去的他又跑了出來，這件事本身就不尋常了。

「因為和所以……總之就來了。」

塗山覺得自己和鬼魘再打下去所受的傷害，絕對沒有現在面對這個人來得大。轉輪王的說話模式真的令人十分頭痛。

「轉輪王。」在塗山爆發之前，一聲冷冷的命令從地面傳來，語氣帶著不容反抗的氣勢。

「遵命。」轉輪王偷偷的嘆了口氣，落回地面迎向皇宮走道的入口那邊。

原本遠方關上了的宮門前，憑空出現了兩道人影。先映入視線的是一柄特製的太陽傘，配上皇宮走道的背景，只要多加幾個隨後侍奉的下人就會構成一幅疑似皇帝出場的儀仗了。

來人還有很遠的距離才來到塗山面前，那人一樣把自己的氣息壓至最低，要不是塗山親眼看到他、聽到他的聲音，也不會相信……

地府的主人東嶽帝君竟然再一次來到凡間插手姬英引發的事件！

這不能怪塗山會感到奇怪，最應該出面處理這次事件的絕對不會是地府的東嶽帝君或是東王公，這事不是九天玄女正在負責的嗎？

「秦廣王，你不去幫忙把事辦完站在這裡做什麼？」東嶽帝君令人會在原地冷卻的冷淡個性沒有任何改變。面對自己的下屬，東嶽帝君冷硬的瞟了一記可能是不滿的眼神，冷厲的語氣透露出他的不耐煩。

「可是，屬下走開了誰替帝君撐傘？」

「本君還沒弱得會被太陽曬死。去！」

如果剛才帝君只是不耐煩的話，一句話後的現在就是提升到厭煩了。

撐著特大陽傘的秦廣王滿臉不捨的收起傘子，才剛直接曬到太陽他就腳步一個不穩，看來未上場便要先倒下了。

可以選的話，秦廣王是絕對不想直接曬太陽的，但誰叫這是他上司的命令？而且東嶽帝君還一直用那雙鐵色的眼睛狠狠瞪住他，活像要是他走慢一點，帝君就會動手讓他以後不需自己用腳走，絕對會有人出來把他抬回去似的。

「塗山你過來。」

雖然塗山不是他的下屬，但塗山還是乖乖領命走到東嶽帝君的面前。眼角看到秦廣王放下的那柄巨大陽傘，塗山心想東嶽帝君把他叫過來不是打算讓他充當打傘童的角色吧？

看著那把紅色還畫上了花樣的陽傘，以塗山的審美觀，他並不討厭甚至是有點喜愛，但傘子好

看不代表他願意站在東嶽帝君身邊當傘童呀！而且帝君本身和這把喜慶的紅色傘子太過格格不入了吧！

「發什麼呆？被鬼魘打壞腦袋了？」

「沒有。帝君叫我是有什麼事嗎？」

「這裡交給秦廣王和轉輪王，他們會徹底的把事情處理妥當。現在你帶路，到東王公的身邊去。」

塗山沒辦法拒絕帝君的要求，而且他也在意芙蓉那邊的情況，喚了幫手來一定是身陷險境，不知道他們三個人有沒有事。現在所有的氣息都被隔絕，他也無從判斷芙蓉他們的狀況。

「真的是東王公嗎？帝君。」走在前面領路，塗山不忘把秦廣王的傘子拿在手上，說不定秦廣王忘了的話他就可以據為己有了。

「難不成你不相信自己的感覺？」帝君冷著一張臉，鐵色眼睛不時看了一下四周的宮殿。

堂堂一個地府主人自然不是對凡間的皇宮抱有參觀大觀園的心情，東嶽帝君看的每一個方向其實都潛藏了什麼不好的東西，這一點在皇宮住上很久的塗山十分清楚。

人多的地方，欲望和壞念頭聚集的地方，是小妖的溫床。因為帝君壓下自己的氣息，所以在這些小妖的眼中，帝君此刻的危險度比那三隻鬼魘或是兩位地府之王都要低。

被小妖們圍觀的滋味大概不是有趣的吧！東嶽帝君每走一步，眉頭就多皺一分，嘴角向下的弧度和身上的寒氣也不斷的擴大。

該不會帝君一個不爽，就把所有的小妖們都消滅殆盡吧？他的手下們最好識趣一點不要跑出來惹這位冰山之王呀！塗山默默在心裡說著。

「真是烏煙瘴氣的地方。」東嶽帝君發表了一句感想，他的眉頭已到了不能再皺更多的地步。

他的話讓塗山背脊一寒，那些躲在暗處看熱鬧、好奇的小妖們紛紛打著冷顫尖叫著逃走。塗山不得不佩服，這些小妖雖然都不是什麼入流的角色，但東嶽帝君沒有用他的仙氣，只用個人的氣勢冷聲說一句話就清場了。

「九天玄女的布署心機可真深，竟然一點蛛絲馬跡也沒有，正是這樣才沒有人留意到她已經潛伏在皇宮中。」

「帝君，您這話……」塗山抓到東嶽帝君話中有些弦外之音，靜下心來一想，他過去待在後宮，對前朝的情報也有一定的瞭解。九天玄女化身的衛大人的確是有心避開大部分人的耳目，她用衛大人的身分潛伏了半年以上，除了一些不太能入耳的傳聞外，塗山完全沒有留意到任何蛛絲馬跡發現衛大人的真正身分。

「仙界的很多決定局外人不知道的好。」

「帝君，我還算是這次事件的局外人嗎？」

「仙界有仙界的規矩。本君知道以你的聰明聽得明白。」

東嶽帝君話中的含意塗山明白，他以狐仙的身分，既非仙界中人，很多事情的確不方便告訴他。想知道更多的情報就要有相等的付出，帝君的意思是讓他再一次考慮加入仙籍，但這個選擇真的讓他左右為難。

習慣了這麼多年一個人自由自在，他不受管的個性都已經定型後才加入凡事講求規矩的仙界？他做得到嗎？沉默了一會兒，塗山仍是想像不到自己變成一板一眼的仙人樣子。

非常彆扭。

「至於你和季芑的友人……」

在快要走到目的地的時候，一直沉默沒說話的東嶽帝君停下了腳步，塗山立即收住自己的腳步，一顆心早已被帝君打開的話題高高吊起。

大家雖然已成陌路，但是千年前的情誼塗山仍記得很清楚，他明白這次的事是姬英的錯，她犯下的罪不是三言兩語求情就可以一筆勾消的，即使知道姬英罪孽深重，塗山還是希望她的下場不要太差。

「她將會因窺看輪迴書的罪責交由地府處理。」

「輪……輪迴書？等等帝君！她不可能真的看過……」

「本君自然知道沒有人看過不應外流的輪迴書。本君要知道的是誰在背後有能力偽造輪迴書的資料。她不應該會笨到不去懷疑這些地府密檔為什麼會外流，既然她信了，就是提供的人有辦法讓她信以為真。」

「帝君是說姬英的背後……有人？」

「或許。」東嶽帝君說完又邁開腳步，來到了賢妃宮殿的宮門前。

來自王府的一行人仍在，隔了一扇宮門但因為法術的影響，他們像個沒事人一樣站著等。

塗山看到領隊的歐陽子穆一臉的憂心，想到歐陽子穆和李崇禮的交情，他深深的嘆了口氣。回想千年前，他、季芑、霜离還有白楊幾個，何嘗不是這樣會為朋友操心的？

東嶽帝君瞟了塗山一眼沒說話，然後走到宮門前，他不用動手宮門自己就緩緩打開了。

宮門之後塗山看到一道道光線構成的網，光線的周圍有一些珍珠白的光珠在飄浮著，四周同樣是自己以前天天看得見的建築景物，但多了這些東西之後一切都變得很不同，頭頂上的猛烈陽光好像被什麼阻隔了一樣，光線變得舒適柔和。

塗山第一次見到這華麗又平凡的法術，法術覆蓋一整個宮殿的範圍，宮殿內走動的人不少，要蒙蔽所有人耳目的法術精準度要很高，塗山敢說即使季芑已經十分精通各種法術，但要做到這種程度仍是沒可能。而他自己更加做不到了。

「看來事情已經完全解決了。」東嶽帝君好像十分熟悉四周環境似的，進了宮門後不需要人帶路，黑袍飄飄來到了宮殿的正殿。

那裡坐著的不是這宮殿的主人賢妃，是塗山初次見面的人，但他卻認識那個人的臉。

比李崇禮要年長成熟一點，眉宇之間有一種淡然帶著看破世事的感覺。這是塗山第一次見到東王公本人，之前是從芙蓉和潼兒口中知道李崇禮的長相與東王公非常相似。

現在塗山看到真人了，他卻認為那種相似其實只是單純的在相貌上的比較；氣質雖然也相似，但塗山直覺認為眼前這位東王公的心思可比李崇禮要複雜和慎密得多。

天性使然，塗山對這類人會反射性的保持距離，雖不至視對方為危險人物，但卻會下意識的防備。可面對東王公那雙透著不在意的紫藍眸子，還有嘴邊淡淡的微笑，任何的抗拒在他面前都變得沒有意義，很自然的自己會被他的氣質感染，放下敵意。

塗山心想：如果這個人是敵人的話，那就真的是一件十分危險的事了。

「這是初次見面吧？狐仙塗山。」

「失禮了，塗山見過東王公。」一面見東王公這種仙界的大人物，塗山不敢有任何的逾矩，自己並沒有入仙籍，對方稱自己一聲狐仙已經很給面子了。

小心的向對方行了禮後，塗山發現東嶽帝君已經落坐了。意外的是季芑同樣在一旁站著，剛才沒發現他是因為塗山的注意力被東王公吸引了過去。

塗山第一時間想問清楚為什麼季芑會在這裡，但嘴剛張開，連第一個字的發音也來不及生成，他就被人從後一手推開！以塗山的實力還有道行，即使是從後方偷襲，他也不應該連一點反應都來不及做。塗山感到很驚嚇，先不說從什麼地方蹦出一個高手來，在場的還有東嶽帝君和東王公，誰這麼大膽用如此無禮的登場方式？

要不是宮殿的大門剛才已經打開，相信塗山被人一手推開之前，先發生的應該是門板飛脫碎裂的巨響。

被推開後，塗山自然是立即回身看是誰下的手，但一看到來人，塗山立即識趣的閉上嘴，此人不惹為妙。

來人之前的趾高氣揚，此時已不復見。

母夜叉！塗山真心覺得九天玄女現在的神情是即將變成母夜叉前的最後一刻。外傳衛大人風神俊朗、九天玄女雍容華貴，這些話現在全都像是海市蜃樓一樣。

衝進前殿的人只有九天玄女一個，跟著她來的那些粉絲團女仙在看到前殿中坐著兩名仙界高層後紛紛噤聲，全部都露出一臉不知所措的神情停留在外面。

九天玄女現在明顯是吃癟了，塗山的心情頓時變得舒暢，剛才被人推開的壞心情也因此成了過眼雲煙。

「為什麼……你們會在這裡？」九天玄女的表情一整個鬱悶，她說出的半句質問因為來自東嶽帝君的視線而硬生生的轉了一下語氣，用詞也勉強客氣了一點點。

「九天玄女，仙界改了規矩嗎？」

東嶽帝君的冷厲語氣讓九天玄女臉容扭曲了一下，但玄女好歹也是經驗老到的高階女仙，眨眼之間她已經重新整理好情緒，壓下剛才的躁進朝東王公屈膝福了福身，然後再向東嶽帝君同樣做一遍。

論仙階，九天玄女在崑崙中未算最高卻是最有名的，可惜相比蓬萊和地府的主人，九天玄女的地位顯得在他們兩個面前變得矮了不只一截。

「常說，禮需從心而發，虛禮則免了。」東嶽帝君知道九天玄女這一屈膝屈得不情不願，以帝君的個性這一禮也受得不快。

帝君這樣下九天玄女的面子，在主位的東王公竟然沒有打圓場的意思，這舉動讓塗山和季芑立即就猜出了東王公是故意讓東嶽帝君來個下馬威的，只是他們不知道東王公這樣做的原因為何。雖然因為九天玄女沒出手他才成為救了芙蓉的那人，但很明顯，東王公眼中容不下罔顧芙蓉安全的九天玄女的作法。

「季芑，你和塗山去看看五殿下他們吧！」東王公拿起不知是誰準備的茶杯，一邊摸著杯緣、一邊微笑著說。

得了他的吩咐，塗山如獲特赦般鬆了口氣。季芑應該也是同樣的想法，他給了塗山一個眼色後正想打算離開，但卻被九天玄女叫住。塗山在旁邊不由得一陣心驚，心想季芑與九天玄女之間的關係先前好像已經有點緊張，現在不是要爆發了吧？

季芑站定在原地，轉過身面對九天玄女盛怒的表情，他十分平靜的先朝東王公點頭致意，然後

才轉向九天玄女開口：「九天玄女娘娘應該一開始就知道我是東王公統御下的仙人，對於我會出現在賢妃宮殿裡應該早已經心裡有數吧？」

「我自然知道，我把你借來也只是為了姬英的情報，是你通知東王公來的嗎？」當著東王公面前，九天玄女質問季芑。

換了一個普通甚至是比自己下位的仙人時，九天玄女的氣場轉眼就回來了，連帶她在門外的支持者也是，一雙雙圓瞪的杏眼全掃到季芑身上。

「玄女娘娘太抬舉季芑了。」給了一個否定的答案後，季芑看了東王公一眼，後者微微頷首讓季芑不用理會九天玄女，告退下去了。

離開前殿，塗山就感到身後立即有一道法術築起，整個前廳都包含在法術的範圍中，既不能窺看也無法偷聽。

※ ※ ※

「老實的告訴我，隔了這麼多年你來找我幫芙蓉那丫頭，是出自你自願的，還是東王公的意思？」從前殿出來繞去寢殿的小段路程上，塗山耐不住心裡的疑問，剛才從九天玄女的話中可以知道，她非常納悶東王公出現在凡間的原因，現在他們人在法術之中談的一定是那種「外人」最好別知道的事，但是塗山隱約覺得芙蓉那丫頭在當中有很大的關係。

芙蓉抱怨過很多次自己被踢下凡工作還債的事，還說這次的工作正是九天玄女安排的，事情發展至今，九天玄女卻沒有提供過一絲一毫的幫忙，而且最後重要關頭出現的卻是東王公？這是為什麼？

「我在仙界時也聽說過芙蓉不少事，從東君那裡知道她被貶下來後，東君提起了你，問我能不能從中遊說。」

「你又知道我一定會答應了？」

「塗山一直都是口硬心軟的人。」

「喂！我何時口硬心軟？你以為我原諒你了？竟敢這樣說我！」塗山不爽的瞪了季芑一眼。

季芑仍是帶點微愁的笑了笑，沒有和塗山辯駁下去，續道：「東君擔心下凡的芙蓉，所以特地和我提起了，我也在想找你幫忙照顧芙蓉，說不定最後姬英被抓起來後，東君能幫忙說情。」

「姬英犯下的罪很重，即便是東王公……」塗山嘆了口氣，在背後默默地擔心是季芑的作風，但姬英這次犯下的重罪即使求情，恐怕也是凶多吉少了。

「我知道，但有一絲希望也是好的。」

兩人接下來沒有說話，提起姬英，兩人只能陷入沉默。現在她到底怎麼了，恐怕只有下手的東王公知道。塗山想把東嶽帝君提過的說出來，但姬英被送到地府處置也不見得是個好下場。東嶽帝君行事嚴謹是出了名的，落在他手中，該判的懲罰全都會嚴格執行，不會有說情放水的情況。告訴季芑姬英得到的是這樣的結果，以他多愁善感的個性，說不定又會說成是他的責任。

「塗山你還是一樣好人。」

「又怎麼了？突然這樣說怪噁心的。」

「塗山從帝君那裡聽過了吧？東君已經告訴我姬英會被帶往地府審問，你不用擔心我。」

「誰擔心你了！」塗山惱羞成怒的吼了一句。

季芑卻難得沒有一臉苦笑，反而是很高興的笑了。塗山愣了一下，季芑這樣的笑臉他很久沒看過了。他竟然生出要掐對方的衝動，而且他真的伸手大力的掐住季芑的臉頰，還扭了一下。

「塗山你變態呀！」

因為這兩位千年仙友太專注自己的事，有人從一旁宮殿開門冒出頭來偷看也沒第一時間察覺。

芙蓉其實看了好一會兒，見這兩位經歷千年生疏了不少的朋友有跡象冰釋前嫌重修舊好，她當然識趣的不跳出去打擾，但塗山那記毒手是怎麼回事！那是看到舊朋友笑時該有的正常反應嗎？

「哦！是芙蓉呀！」

塗山在芙蓉的尖叫下放開了手，但季芑的臉已經被掐得紅了一片，還開始腫了，可見塗山手勁之大，真的是出盡全力去掐的。季芑想朝芙蓉笑一下，但他的臉頰現在做任何表情都痛得要命，只能噙著淚用法術先把自己的臉治好。

「李崇禮在偏殿睡下了，東王公親自看過他所以不用擔心。賢妃也是，幸好季芑一早趕到鎮住姬英的詛咒，不然就慘了。」

「嗯。不過在我看來，妳好像更需要別人擔心。」塗山挑了挑眉，一手就按到芙蓉頭上亂搓了一翻，把她梳得整齊的頭髮弄得亂糟糟的。

「你幹什麼啦！」

「妳一副沒精打采的樣子，不就等於在臉上寫著我很需要人關心嗎？我現在關心妳呀！還不滿？」塗山繼續搓搓又揉揉。

「你這是關心別人的舉動嗎？我的頭才剛梳好的呀！」芙蓉努力伸手擋開塗山的魔爪。

「是嗎?正好，剛才梳得根本不好看，再梳吧!」

塗山一臉欠揍的又伸手，這次芙蓉後退一步閃過他的手，癟著嘴委屈似的。

「好吧!看在相識一場，為兄我勉為其難聽妳吐吐苦水吧!」

「為兄你的頭!」

芙蓉生氣的一拳打在塗山的肚子上，以她的手勁，這一拳不可能打得人吐血，塗山由著她打，反正他說這麼多刺激她，就是想給她機會發洩一下。

傻丫頭就是要沒有煩惱般傻笑著才正常。抱著這樣的心態，塗山表現出年長者的大度，可是當芙蓉的拳頭一而再、再而三的揮出後，他開始後悔自己這個大度的表現了。

芙蓉好像要把肚子裡的所有鬱悶全都打出來，打到塗山發出一記悶哼才收了手。

「謝啦!出了口氣心情好多了。」往自己的拳頭呼了口氣，芙蓉一臉滋潤的道謝。

「妳心情好……我卻受傷了。」塗山抱著肚子慘兮兮的說，他敢說扒開衣服一定能看到他的肚子和胸口一片瘀青，和三隻鬼魘對打他仍能保持毫髮未傷，現在被這丫頭打成這樣子真的悲劇死了。

看不出來她的拳頭滿狠的……

十一
他走，她留，他依舊在

「您這是威脅嗎？東王公。」

「玄女這樣說似乎有點不太客氣？妳是從哪裡聽出這是一個威脅呢？」面對九天玄女到達臨界點的怒氣，東王公還是那種連玉皇也拿他沒辦法的調子。

在他、東嶽帝君還有九天玄女的面前，有一卷來自天宮的敕令浮在半空，上面不只有天宮玉皇的御璽，還有來自崑崙西王母的玉印。這兩樣東西隨便一樣都足以令九天玄女低頭妥協。

敕令上寫的內容簡明易懂，即使是心機深沉的人看到了恐怕也難以在當中的文字造文章。

正是因為每一字一詞都難以辯駁，九天玄女才感到不忿。

玉皇很給面子忍到現在才正式下敕令要求九天玄女交代，自知玄女理虧在先的西王母也不得不回應天宮的要求，她也不希望因為這些小事就和天宮玉皇弄得關係尷尬緊張。

「紫微帝君也頗有微言。事關凡間帝位，他向妳查問事態妳竟然一概無視，囂張也該有限度。」東嶽帝君頗為欣賞今次玉皇的表現，敕令寫得好他非常的滿意。

玉皇的命令很簡單，姬英已經被捕，星軌也看似穩定下來，所以天宮要九天玄女速速回去。

「正因為妳做了多餘的布署，太子之位才會一直懸空，這一點星君們已經查明。玉皇沒有降罪已經給西王母很大的面子，妳莫再糾纏了。」

九天玄女猶豫了一下，最終沒有反駁算是默認了。的確，在立皇子的事情上她動了一些手腳。接下了敕令就算是解決一件事，但正當東嶽帝君認為九天玄女該是退場的時候，後者卻抬起了那張能冠絕仙界的臉，一雙美目審視般的看著主位上的東王公。

東嶽帝君差點就出聲斥責了，九天玄女現在的行為確實無禮了。

「由得她問吧！帝君。不讓九天玄女把想說的都說清楚，她是不會走的。想必玄女想問的是不是芙蓉的事？」東王公早已經放下了茶杯，紫藍眼睛半垂著沒有看向九天玄女，他伸手，一本厚重的帳本憑空出現在他的手上。

他一頁一頁的翻著，前半部有一些簡單的內容已經被畫上了朱紅的記錄，確定已經完成銷了案，前前後後這些已經解決了的單子大概佔了這厚重帳本的五分之一吧！雖然大都是一些尋找靈藥的工作。

「記得五殿下的工作是九天玄女妳特地選的，玉皇已經問過西王母，西王母說不是她的意思。」

東王公是故意這樣說的，雖知九天玄女和他不對盤，但話裡不拿些人物出來，九天玄女恐怕真的不給半點面子。

「玄女妳的目的是什麼呢？選定了工作後立即就把芙蓉送下凡，連反對的時間都沒給我或是西王母。再說，李崇禮的命是富貴，但一開始不應該是單純的福祿雙全吧？」

「那東王公又是為了什麼下凡來了？以您的身分，下凡一趟也不容易吧？」

「只要玉皇首肯就不會難。妳想把芙蓉帶回去崑崙，真的需要耍這種把戲？」九天玄女話中的刺聽在東王公耳中簡直不值一提，聽出是諷刺又如何，完全無視才把諷刺的人氣得半死。

「看在東王公眼中，或許我做的都像是小孩子的把戲吧？您為何要把一名女仙留在東華臺？」

「把女仙從崑崙趕出來的是妳。憑這一點，妳已經沒資格在芙蓉的事上說一言半語。」

九天玄女聽得秀眉深蹙，一直以來東王公給她的印象都是溫和的，所以她從沒想過東王公會有板起一張臉的時候。

板起臉的還有東嶽帝君，不過他一直都是這風格，而這兩位在她面前成了一個明顯的對比。

九天玄女覺得不笑的東王公比東嶽帝君還要可怕，最起碼面對帝君一人時，她自問即使對方處於盛怒中她也不會怯場；可是現在她面對東王公，對方只是收起了平日那抹淡笑，她就已經覺得背心發涼了。

「玉皇很不高興。芙蓉下凡是我們三者加上天尊們同意的，本意是小懲大誡，在帳本上記錄工作也是按著難易度在排，一下子讓芙蓉處理這次的事件超出她現有的能力太多，起不了歷練的作用，更讓天尊和玉皇很擔心。妳回去之後自需給一個交代。儘快照敕令的意思把事情辦妥回去吧！」

東王公的話已經明示要九天玄女退下，玄女不服氣，一口氣提了起來想為自己說話，但東王公紫藍色的眸子升騰一道冷意，讓她鬱悶的住了口，一肚子氣的連告退也沒有就轉身離開了。

和九天玄女不歡而散早已在東王公與帝君的意料中，在那個心高氣傲的女仙眼中，拿她的上司壓她絕對是難以接受的事，這次之後恐怕只會讓九天玄女更討厭東王公，雖然她不敢在眾人面前表現出來。

「很久沒有裝腔作勢，真的很累。」剛才的冷厲表情完全消失不見，東王公一手揉著自己眉心苦笑著。

「您大可不必和她說這麼多的。」東嶽帝君的表情不太愉快，剛才他多次想開口批評九天玄女的態度，但統統都被東王公示意阻止了。

「她想利用這次的事讓芙蓉生出一種崑崙是她的倚靠的感覺，好製造一個機會讓芙蓉回去。九天玄女在前期安排得尚算不錯，連自己手上的任務也徹底利用，但她本身從來不是一個和藹可親的角色，和芙蓉也從來沒有好好溝通，一直輕視芙蓉的感受。恐怕現在芙蓉怨懟的情緒會更高漲吧？」

九天玄女最錯的一件事其實是和東王公作對。東嶽帝君在心中補上這一句，算計別人就好，偏偏動到東王公頭上，更在仙界巨頭本是好意為芙蓉安排的下凡計畫中打主意，這等於一口氣把西王母以外那幾人全都惹毛了。

「之前辛苦帝君特地替我到天宮和玉皇商量了。」

「舉手之勞，反正我也有事必須和玉皇談談。」

東嶽帝君勾了勾嘴角，牽出一個芙蓉看了一定會說是猙獰的笑容，想必上一次他把玉皇抓回天宮後，除了東王公交代的事，還在天宮出了口惡氣，讓玉皇乖乖的聽他說教了吧？

「接下來我還有一個人要去和他聊一下，帝君一起去嗎？」東王公站起身把前廳的法術撤下。

「還有點事情要善後，不能去了。」東嶽帝君說的是有關姬英的事，東王公的部分完結了，可他的現在才開始，他得從姬英身上問出誰教她製造鬼魔、誰偽造輪迴書，問出來了再求證，單是這些步驟已經夠花時間了。

「那好。」

分道揚鑣，東王公一個人慢慢走著，無聲無息的連輕風都沒有帶起，他嘴角的笑意深了幾分。不是因為在手段上壓過了九天玄女，而是這次九天玄女自掘墳墓，真真斷了芙蓉主動回去崑崙的可能性。

把對方置身應付不來的危險中，這種過激的方法或許可以激起芙蓉的上進心，但絕對不可能令芙蓉對九天玄女多生出一分好感。九天玄女這次根本是替東王公作好嫁衣了。

一直幫助芙蓉的都是天宮的仙人，東王公也派潼兒下來，讓一個人下凡的芙蓉有個伴。潼兒比她小也比她弱，有他在身邊，芙蓉做事也會謹慎多一點。九天玄女明知道芙蓉會遇到什麼困難，但是她沒有伸出援手，更下令手下的女仙不准插手，這樣芙蓉又怎會想到崑崙會在背後幫自己呢！

在芙蓉心中，恐怕不知不覺間地府諸君的地位已經比九天玄女還高了。

剛才最危險的時候，即使東王公不出現，芙蓉和李崇禮兩人也會沒事的，因為芙蓉身上戴著的東陽藍玉裡隱藏的法術也會在重要關頭保住他們。而且救命錦囊中的物件也不是老套的代名詞，藉著李崇禮戴在身上的那東西，東王公才有辦法下凡替換了李崇禮原本的位置。如果那一刻九天玄女自己親自救芙蓉的話，情況就會變得完全不同。

所以東王公還是感謝九天玄女的。

宮殿一處傳來了塗山和芙蓉在鬥嘴的聲音，剛才塗山被芙蓉毆打的事情東王公已經知道了，阻隔法術是阻不了施術者本身的，雖然讓芙蓉笑出來的不是他，但他還是感到高興，她需要一些打打鬧鬧的同伴，她總不能永遠只有自己一個人窩在仙界，漫長的仙人生涯中回憶都是空蕩蕩的。

確定了芙蓉和塗山那邊的打鬥應該還會維持一陣子，東王公轉了個彎來到另一處偏殿，宮殿的門隨著他的接近緩緩打開。

接著是兩張相似的臉對視著。

「初次面對面，當真是有照鏡子的感覺。」

「幸會……」李崇禮一時之間只想出這句話作為回應，他的確有對方所說的感覺，他們現在哪像是照鏡子，簡直就像是有一個分身從鏡子中跑到現世來一樣。這個想法讓李崇禮心裡慌了一下，他和對方如果真的有一方是分身，那無疑一定會是自己。

「放心，你心裡擔心著的事不存在。你就是你，我就是我。我這樣說，你安心一點了嗎?如果是的話，我們坐下談談吧？」

※　※　※

賢妃宮殿外開始混亂起來。即使並不心甘情願，但九天玄女還是立即照著敕令雷厲風行的動手了。後宮的余氏被問罪，供出一連串後宮中的骯髒事，牽連之大不只皇后頭痛，連皇帝也不得不正視。當中有些是余氏受姬英的影響幹下的，但大部分卻是後宮中人勾心鬥角所犯下的罪行。

一時之間整個宮廷吵得沸沸揚揚，只有賢妃宮殿裡還是安靜的遺世獨立處在一邊，沒有人敢吵到這裡來，或許大家都不認為突然病重的賢妃在這次宮廷紛爭中能起作用。

「外面不知道要吵多久。」

潼兒在偏殿房間的門前來來回回的走來去去，嘴裡不停的唸著外面的雜亂會吵到東王公、東王公喜愛安靜，聽得芙蓉差點把他抓到一邊綁起來塞住嘴，再告訴他其實東王公應該是不怕吵的，至少他面對爆炸的噪音仍然是眉頭都不皺一下，從容得很。

不過潼兒下凡到現在能夠面對面再見到東王公自然高興，所以芙蓉忍著不整他。而她自己也必須進一步鞏固心理建設，被東王公救下時被抱住的畫面令她感到無比尷尬，因為東王公……抱得滿舒服的。

糟糕……臉又熱起來了。

「應該還會維持好一陣子吧！不過皇帝不會讓賢妃這裡有事的。放心。」同樣待在偏殿的季芑臉上已經恢復原狀，他就靜靜的坐在一邊，不過明顯和塗山有隔開一段距離。

一定是為了掐臉頰的事。

被下毒手的塗山現在很沒腰骨的躺在偏殿的床塌上，背對著所有人抱著肚子像隻蝦米般蜷曲著，用沉默的行動來抗議芙蓉剛才的重拳毒打。不過，沒有人過來安慰他，這讓塗山更加的鬱悶，沉默到現在他才終於開口加入話題了：「為什麼？」

一身勁裝躺在後宮嬪妃宮殿的床上本應很不相配，但塗山這位狐仙成功的化腐朽為神奇，讓人連一丁點違和感都沒感覺到。

難怪所有禍國殃民的美女不是被人叫禍水就是狐狸精、狐媚子了。

「塗山你從來沒有察覺到嗎？太子死後，其實皇帝很中意五殿下。」

「我完全感覺不出來。」先是想一想，但塗山的回憶中完全找不出皇帝有表現過中意李崇禮的情況，該說是皇帝把自己的心思藏得太深嗎？深到沒有人看得出來？

似乎覺得塗山苦惱的表情很有趣，季芑再說下去時眼底多了分笑意。「但這卻是事實。皇帝在猶豫，畢竟他中意五殿下卻不代表他是合適的人選。」

「這一點我同意，李崇禮要是當了皇帝很快就會鬱死……」芙蓉一臉正經插嘴，她還是堅持著初見李崇禮時的論調，皇帝不是人當的呀！超辛苦的。但是想了想她又發現了一個問題：「反正星軌上李崇禮不是九五之尊的格局，當個王爺享享福更好！」

「不，之前有跡象會是的。」

「欸！」季芑這話令芙蓉和以為沒在聽的潼兒一起發出怪叫，他們兩個一起發現二皇子的旭世子擁有帝王之相，然後才察覺到星軌變了的吧？不會是當中出了什麼問題、或是因為他們看出了帝王相而搞砸了什麼事情吧？

「星相變動也不是什麼出奇的事，加上這次的轉變，天宮和紫微帝君也沒表示什麼。」季芑小聲的說，話中暗示不方便明說的事。

帝星不變，下任皇帝依舊是擁有帝王命格的旭世子，那就是說旭世子的上一輩人即使有被封為太子，也不會登上皇座。季芑沒說出口的是李崇禮沒有被皇帝先封太子，除了因為皇帝在猶豫外，還有九天玄女的阻撓。

因為最終李崇禮也不會坐上龍椅，所以九天玄女大膽的利用自己衛大人的身分，在皇帝身邊影響他的決定，讓星軌有一段時間沒有任何變動，直到芙蓉出現間接讓李崇禮斷了對皇位所有的心思後，星軌才慢慢的變成現在的樣子。

太子應該會是李崇溫吧！但成了太子卻沒法登基，這結果也太可悲了，爭得這麼辛苦到頭來自己卻仍是沒機會碰一碰那張龍椅。

「話說塗山，這把傘子是怎麼回事？」知道星軌的問題和自己無關後芙蓉鬆了口氣，動了星軌被追究起來她會吃不完兜著走的。

「哦……那是秦廣王的。」

「咦？」芙蓉愣了一下，然後見鬼似的把手上的大傘子像是標槍般朝塗山的位置擲了過去。

「為什麼這麼恐怖的東西會在這裡？」

「什麼呀，東嶽帝君也有來呀！妳不知道嗎？」塗山手一揚接下傘子。

「不是只有東王公嗎？」芙蓉一臉的驚恐，她現在覺得不久前面對姬英時那種生死關頭的感覺又來了，不過這次給她壓力的卻是東嶽帝君，東王公會不會這麼好人再及時出現一次打救自己啊？

不能讓帝君抓到自己！這個念頭讓芙蓉決定找個地方躲起來。

她迅速走到偏殿一角，打開櫃子就想躲進去，卻在踏入一隻腳後又停了下來，視線看向宮殿的

牆壁，似乎在那個方向有什麼東西……

猶豫了一下，芙蓉說：「我還是出去一下。」

「不怕半路遇上帝君嗎？」塗山笑問。

「要真遇上了，我一定不放過你這烏鴉嘴！」

※　　※　　※

出了偏殿的門，芙蓉朝著自己感到靈氣波動的地方走去，散發出來的靈氣是屬於東王公的，且正和他在一起的不是東嶽帝君，而是李崇禮，所以芙蓉才有膽子過去找人，再說李崇禮一個人見東王公也不知道會不會發生什麼不愉快的事。

不是說什麼太過相似的人多數都會排斥對方嗎？

所以，他們兩個不只長得像，連個性都像的人湊在一起，很有可能會產生排斥。私心裡芙蓉不想發生這樣的事，他們倆真的對立起來不用說東王公自然是穩勝的，但她又會覺得李崇禮可憐，真變成那樣她十分左右為難呀！

來到東王公和李崇禮所在的地方，芙蓉很不客氣的想要貼在一扇窗上偷看裡面的情況，出乎意料，房間內沒有什麼動靜，連說話聲也沒有，要不是芙蓉肯定房內有兩個人的氣息，相信沒有人覺得房內有人。

「被帝君看到妳鬼鬼祟祟後果堪虞呀！芙蓉。」

東王公帶著笑意的聲音響起後，宮殿的門打開，芙蓉心裡後怕著自己偷雞摸狗般的舉動被帝君發現，飛快的閃進去，看到裡面兩人在做什麼事她無言了。

竟然閒情逸致的在下棋！

「你們在下棋？」

「這不是顯而易見的事嗎？」

「剛才你們的靈氣怪怪的我還以為你們在吵架了。」芙蓉自己拖了張椅子坐在兩人前面的中間位置，只差沒有伸手討茶喝了。

「不動點手腳怎引得妳過來？如果所有人一起又不太適合談話了。」東王公笑了笑，眼神看了門口一眼門就關了起來，還傳出一陣上鎖般的聲音。

「那這盤棋怎樣了？」

「芙蓉看不出來的話，就證明妳的棋藝需要好好的磨練了。」

東王公和李崇禮兩人都知道芙蓉的棋藝到底有幾多斤兩，二人都笑了笑，不同顏色的眼睛對視了一下，然後李崇禮先認輸了。

「我不是東君的對手。」

「我也不是。贏得了東王公的人屈指可數吧？」

對芙蓉的話東王公不置可否，棋盤就這樣擱著，白黑子都沒有人再下一顆了。

「那特地引我來是為什麼？」面對兩張相似的臉，芙蓉先前做的心理建設效果大減一半，看向左邊是李崇禮，右邊是東王公，他還很悠閒的在喝茶，就只有她一個人在尷尬似的。

「談談妳之後的打算。」

「對了！我好像已經還了不少債了吧？」提到自己的欠債，芙蓉立即摸出了帳本，因為經常被她拿來翻找，帳本已經顯得有些殘舊，當她打算遞上去時發現東王公手上也有一本一模一樣的，而且上面有著不同的批註，她就生出要搶到手的念頭。

那就好像是唸書時找到一本「夫子用書」一樣，上面已經有了畫好的重點，還有註解，這樣她選工作就簡單多了。

「更新一下。」

東王公伸出手，芙蓉拿著的帳本已經飛了過去停在東王公掌心上，原本綁著整本所有紙頁的細繩自己鬆開，帳本散成一張張的在半空中飛舞，一些芙蓉已經完成或是取消了的內容自動的抽出落在桌上，而一些新的紙頁被加入，然後書頁像是跳舞般自己排序，又重新綁結成為帳本回到芙蓉手上。

李崇禮看得目瞪口呆，他是有見過芙蓉他們用法術的樣子，但用得這麼華麗的卻是第一次。

「所有的工作單我們已經過濾了一次，從淺入深，妳自己可以選。」

「我說東王公……紫府真的很喜歡做這種文書整理的工作嗎？」

「等妳把負債還得八八九九回到東華臺後我再告訴妳。」

「但我剛才明明看到你有把新的換進去！我都下凡了還會有新的欠帳嗎？」雖說她算數不是頂尖，但她視力可好呢！

「唔……那是二郎真君說要收的召喚費，象徵式的要妳勞力補償一下。」東王公一臉的為難，但沒打算把新增的帳目勾出來。

「欸?那……東王公你不會收我召喚費吧？」其實我沒想過把你給叫出來的呀！這一句芙蓉差

點就說出口，說了的話恐怕東王公會立即再把帳本加厚幾倍。

「我考慮考慮。」

「不要！」

東王公只是笑著不理芙蓉的撒嬌攻擊，從她的話中已經得知她會繼續留在凡間，真的是為了還債也好，歷練也好，現在才是芙蓉自己旅程的開始。

「剛才我和五殿下說好了，他王府的房間仍可以借給妳用。真的在凡間遇上只能用凡間方法處理的問題，他也願意幫妳。」東王公說完，李崇禮微笑點頭，但芙蓉可笑不出來了。

「你這樣說好像我一定會惹是生非，不得不讓李崇禮來替我善後似的。」

「這個嘛……芙蓉妳想聽真話還是客套話？」東王公仍是微微笑著看著芙蓉。

「算了。我還擔心自己的溫室以後怎擴建好了。現在算是和平了吧？那……」

「嗯？」

「九天玄女會回仙界吧？」想到如果對方還不回去，待在京城的時間她不就得提心吊膽九天玄女會不會有空就來教訓她？

「她的工作已經完結，很快就會回去。」東王公喝口茶，肯定的說。

「太好了！」歡呼了一下，芙蓉這才安心了點，總算不用擔心會被人秋後算帳。她在眉開眼笑的時候，棋盤前的兩人只是坐著看她笑，芙蓉看了一眼一直沒有說話只是聽的李崇禮，然後又看看東王公，視線在兩者之間來來回回看了幾遍後，芙蓉耐不住問了。

「東王公你剛才和李崇禮聊天，不是想把他引導到靈媒之路上吧？」

兩聲噴茶連帶咳嗽的聲音響起，此起彼落。見兩個大男人咳成這個樣子芙蓉摸出自己的一條手絹，手絹就只有一條，給誰也不是，想了想她又把手絹收回去了，沒看到剛才有兩雙眼睛看著她的手絹發出渴望的視線。

「好了，該辦的事情已經辦好。我也要回去了。」

「東王公你不去見見潼兒嗎？」

「會的。」東王公起身走到芙蓉的身邊，伸手理了理她髮上的鮮花，接著別上一枚墜有白玉的髮飾。「這是額外獎勵，這次的事超出妳本身的能力，但妳做得很好。」

「有特別功用嗎？」想到先前東王公送的東陽藍玉好處非常多，如果這個白玉髮飾也一樣，那她手上又多一件可以用作殺招的寶貝了。

東王公沒說話，只是笑笑的出了宮殿，應該是去看潼兒然後就回去了。

房間裡只剩下李崇禮和芙蓉兩個，芙蓉坐到先前東王公的位子上，看著那盤中斷了的棋，看向李崇禮，發現他同樣是看著棋盤像是在想事情。

「李崇禮，想不想當皇帝？」聽完李芑的話再見到他，芙蓉就是忍不住多問一次。

「妳不是說皇帝不好當嗎？」搖了搖頭，李崇禮對皇位已經沒有一絲興趣了。

「是呀！但是你現在想嗎？」

「妳再問我也是同一個答案。」

「好吧！那我以後就不再問了。那東王公和你聊了什麼？」

「沒有，只是把他讓潼兒放在我身上的東西收回去。」李崇禮把芙蓉的問題輕輕帶過，東王公到底和他說了什麼，他是不會告訴芙蓉的，事關他和東王公兩人私底下的事，需要保密。

「就這樣？」

「聊了一些別的，還有東王公想我把這個交給他。」

「哎呀！原來真的還在你身上。等等，東王公向你要，你竟然沒給他？」芙蓉吃了一驚。

「這是妳放在我身上的，怎可以隨便交給別人？」李崇禮一臉正經的說，好像他手上的符令是

什麼珍品似的。

「呃……但那是東王公呀！仙界東方的主人，連九天玄女看到他都得客氣行禮的呀！」

「不能給就是不能給的。」李崇禮把那張符令小心的摺好收回衣襟，沒有打算要還給芙蓉似的。

「等等，你不是要還給我嗎？」

李崇禮和東王公一樣，但笑不語。

芙蓉無言了。李崇禮和東王公相像的程度好像增加了。聽別人說的都是錯的，什麼同類相斥，現在他們兩個根本是物以類聚了吧！兩個都不說話只用笑來打發她！

「喂！芙蓉！外邊的結界撤下了。」塗山的聲音從遠處傳來，先前宮殿外聽到的吵雜聲已經開始擴展到賢妃宮殿了。

「知道了。」芙蓉應了聲，然後快手的把宮殿被他們動過的一切回復原狀。

李崇禮和東王公下過的棋也被收回棋盒中，除了親手下棋的兩人外，沒有人知道一邊下這盤棋時他們說過什麼。

仙凡有別。

李崇禮很清楚，所以他不會去妄想，只是看到東王公在背後為芙蓉安排的一切，他看著芙蓉時那隱藏起來的寵溺眼神，李崇禮或多或少都感到一絲羨慕。李崇禮相信芙蓉是不會看出東王公的眼神中包含什麼，但看到東王公的身分和能力，能讓芙蓉在遇到困難時會想起找他幫忙，會向他求助，他真的十分羨慕。

相比之下他做不到這些，以他凡人有限之力不可能干涉仙人之間的問題。但是東王公卻很鄭重的拜託他照顧芙蓉。

東王公是什麼身分？即使他是皇子，在東王公這等仙界一方的主人眼中，也只是像一顆沙子般渺小的存在。

李崇禮想，在凡間或許有他能幫上忙的事。仙人的確是擁有比凡人強很多的能力，但是在全是凡人的地方，一些情況卻只有凡人能夠解決，既然芙蓉要留在凡間繼續工作，而東王公又特地向他暗示，那對方就是希望自己在可行的範圍內提供協助了。

雖然東王公不說，但李崇禮自己也有這樣的意思，難得她會留下來，雖然不一定會一直留在王府，自己也可能只是偶爾幫得上忙，且對芙蓉來說，自己或許是她眾多工作的其中一項，但他卻真的很慶幸遇上了她，這份慶幸不是他說一句謝謝或是送一份禮物就可以了事的。

仙界的事，芙蓉有仙人們可以求助；那麼，得按凡間規矩的事就由他來負責。

「李崇禮，別發呆了。」

「好。」

李崇禮起身走上前，芙蓉重新裝成他帶來的侍女跟在身後，先前被隔離不見了的宮女、太監們又開始忙碌的走動，好像在他們的記憶中沒有剛才那一段斷層般。

如果不是芙蓉還站在自己身後，自己懷中還收著那道符令，要不是這次事件給他留下真正深刻的印象，李崇禮真的會以為這是在仲夏熱昏頭的一場夢。

夢還沒完。

《芙蓉仙傳之神探女仙我最讚！》完

番外 禮物

一手提著竹籠，一手拖著粗麻繩，繩子另外一端拖著體積頗大的東西，芙蓉出盡了九牛二虎之力才把這東西從深山裡拖了出來。

從京城往北走兩天就會看到一片山脈，這裡不但是皇家獵場，不少京城的王公貴冑不時也來避暑，算是京城就近的熱門度假勝地。

芙蓉是一個人進山的，東王公重新編排過的清單完全按著她的能力排列，所以她膽子粗起來決定自己一個解決捕捉逃走寵物型仙獸的工作。此時，目標物已經關在她手上的竹籠中，籠子加了符令，裡面白色毛茸茸的可愛小生物正悲哀的縮在角落不敢動。

芙蓉是一位年資算輕的女仙，凡是年輕的少女總是會對可愛的小動物有著難以抗拒的天性吧？可惜芙蓉從來不在正常之列。

為了仙獸的外皮完好，芙蓉最初用溫和的手段哄過、勸過、利誘過，但她有限的耐性很快就被磨光，下一步她就動粗，用在正常少女眼中的暴力行動把那小仙獸手到拿來。

工作順利解決，只是寵物送回去時可能會多了一道永不磨滅的心靈傷痕。

「早知道應該把潼兒帶出來，至少現在有人幫忙搬東西。」芙蓉自個兒嘀咕著，看了看在木板上讓她拖出來的東西。

如果是一件死物，她早省時省力收進百寶袋中，哪需要自己動手費力的拖？從王府出來已經三天，原本她是打算即日來回，但迷路花費了她兩天的時間，當找到正確方向時已經是第三天的清晨。把目標物解決後又遇上了現在這一隻麻煩的東西。

一隻只有芙蓉一半高的小熊。

不要問芙蓉為什麼在離京城兩天的山中會遇上一隻幼熊，她現在沒時間翻找新到手的《新編凡間動物大百科》。她只想早早回王府，看看她種下的那些寶貝藥草們有沒有長得肥肥壯壯。她的煉丹大計成不成功就看這些寶貝材料啦！

「你哭喪著臉也沒用的，你想成為別人身上的皮草和餐桌上的紅燒熊掌，還是讓我帶你回去做苦工？自己選。」

芙蓉大概是一個人在山林三天悶壞了，明知那隻小熊根本不可能聽明白她說什麼，更不可能做決定，受了傷的牠只是被動的讓芙蓉帶著，本能的知道眼前嬌小的人型生物很危險而已。

可憐的小熊不會知道自己這下場是因為不小心踩壞了芙蓉想收回去的一株野生藥草，是無妄之災。而芙蓉氣憤之下把小熊打傷，打傷了又不忍扔下牠在弱肉強食的山林，便帶走了——她也是自作自受。

※　※　※

過了盛夏最熱的時分，宮中的局勢逐漸明朗，不過宮中混亂也好、平靜也好，寧王府的日子還是一樣。不過，今天有些許不同。

王府的正苑仍舊清靜，早前僭建出來的小廚房冒出陣陣炊煙，不是用膳時分但爐火卻燒得旺盛，裡面的人忙東忙西的，讓人在門口不敢隨便踏進去。

「我說潼兒，你在廚房裡面弄了快一整天了，到底是怎麼了？」

「欸？塗山你怎麼在這？不是和王爺下棋嗎？」從陣陣蒸氣中抬起頭的潼兒臉上沾了些麵粉，難得看到他會忙到這麼狼狽。

「差不多是時候給李崇禮灌湯藥了，棋也輸得差不多，就過來看看了。」對於自己千年下來棋藝毫無寸進一事塗山毫不在意，一有空他就找李崇禮下兩盤，每次都是慘敗收場。

「藥快好了，多等一會兒就行。」

「那另外的是什麼？」

「原來今天是歐陽大人的生辰。」

「哦！歐陽子穆呀！那又有什麼關係了？」

「王爺說了今晚和歐陽大人慶祝，既然知道了也就要準備禮物了。」潼兒一臉理所當然，可惜仙界的東西不能亂送人，所以他想做些點心之類的。

「那我也要送點什麼壽禮嗎？」塗山歪了歪頭，送別人生辰賀禮這種事已經很久沒做過。漫長的歲月中，一年的時間相對很短，不仔細數著日子很容易錯過，到他記起來時一些紀念日早就過了。

「塗山還是算了，反正歐陽大人根本不知道你的存在。」潼兒笑道。

「也是。不過芙蓉不是還沒回來嗎？我裝成她送禮也可以。」

「不要！你的表情在告訴我想用芙蓉的臉做些什麼似的。」潼兒有所警覺的拒絕。

「哎呀！你就這麼怕我對歐陽子穆下手嗎？」塗山瞇起一雙狐狸眼，話中似有所指，可惜單純的潼兒完全聽不明白，應該說他只聽懂了字面上的意思，塗山故意暗喻作弄他的含意，潼兒完全聽不出來。

一隻手掌打不響，塗山鬱悶了。

幾天不見，他有點想念那個亂來的丫頭了。不知道她跑進山裡去出了什麼事，竟然還沒回來。塗山不承認自己在擔心她，只是她一天不回來李崇禮會擔心，所以他才在意。今天再不回來就出去找她吧？這不算是幫她代工，不影響她的還債大計。

塗山想到那疊厚厚的帳本，芙蓉欠下的那一大筆賠償費，到底靠那些小工作要做到何年何月才還得完？而且聽說她的大債主東王公還沒把他的帳算進去。

天文數字呀！把她賣了也還不完吧？

還是先去睡個午覺好了。

塗山伸著懶腰打著呵欠走回自己房間，突然警覺發現房中多了點什麼。他的房間早已滿布各種危險的植物，現在恐怕是芙蓉回來了，而且帶了什麼危險品回來。

不自覺的嘴角勾起一道微笑，塗山打開門，突然一道黑影飛撲向他，下意識的揮手想要擋開卻發現對方緊巴住他的手臂不放。

「妳從哪裡抓來……」塗山看到巴在他手上的小東西身上被一條長長的輕量版綑仙索綁著，即使塗山沒擋路牠也逃不了。不過他驚訝的目標不是手上的寵物型仙獸，而是房間中的一頭小黑熊。

「溫室之後妳想朝動物園之路進發？還是這是妳特地打回來給大夥享用的野味？正好今晚和歐陽子穆慶生，加菜也來得及。」

小熊接觸到塗山的視線就瑟縮起來，動物的本能告訴牠，這個新來的人形生物更可怕。兩個人形生物一比，小熊頓時覺得芙蓉親切多了。

「慶生？」還在整理物品的芙蓉，頭也沒抬的回問一句。

「潼兒說今天是歐陽子穆的生辰。」

「……哦！」這一聲回應有幾秒的延遲，反應也沒有塗山想像的來得熱烈。

竟然只是應了一聲就算了？沒有追問有什麼好玩的，要送什麼的嗎？這種反應實在不太像是愛熱鬧、好奇心重的這丫頭該有的反應。難道是在深山中遇上什麼大受打擊的事，現在腦筋出問題了？

塗山在胡思亂想，而芙蓉已經把巴在塗山手上的仙獸抓了回去塞進籠子。

「妳是怎麼了？」雙手抱胸跟著芙蓉走進房間，塗山小心的觀察了下芙蓉，她應該沒受什麼傷，所以現在的反應不會是因為身體不適。

「塗山，和家人過生辰是怎樣的感覺？」芙蓉臉色有點怪異的看向塗山，有點認真又不好意思。

「妳不要說從沒有人幫妳過生辰。」

「和父母一起慶生，感覺一定很開心吧？」芙蓉認真的問。

玉皇雖然父愛泛濫，但始終不是她真正的父親；王母只是稱呼中有母字，但同樣不是她母親。玉皇每年會替她過生辰，但她卻沒有多少自己生辰的感覺，好像是和自己沒相干的事似的。

換了是她真正的父母，是不是會更加的高興或是感動？

但是要天地都化人形似乎不可能……

「狐狸會慶祝生辰的嗎？」塗山回想自己父母尚在時他還只是隻小狐狸，既沒道行也沒成仙，哪來過生辰的習慣？

「算我問錯人了。」芙蓉聳了聳肩，想也知道這隻狐狸精九成不會在意這些小事，還去問他是她腦塞了。

「讓我猜猜小ㄚ頭是在介意什麼……」

「才沒有！多事。」鼓著臉頰瞪向塗山，芙蓉伸手把擋路的他推到一邊，走出房門，她想要去看看潼兒在做什麼。

走了幾步又停了下來，她想起一件事。

之前聽李崇禮說歐陽子穆的親人已經不在，擁有過再失去，應該更難受吧？

※　※　※

歐陽子穆覺得自己壓力很大。

孤身一人待在李崇禮身邊、住在王府不是一兩年的事了，王府人多口雜他很堅持要公私分明，他不想讓底下的人說他靠的不是自己的能力而是和王爺的交情。

但是李崇禮一聲令下要他同席，他能不坐嗎？但和王爺同席用餐成何體統？

「難道整頓飯你要我仰著脖子看你？」李崇禮嘴邊掛著淡淡的笑意，他知道友人的個性，所以這次的慶生也不鋪張，就是朋友間坐下吃頓飯喝點酒罷了，但果然子穆還是顧忌。

「潼兒你把歐陽大人請過來坐下。」

應了聲，潼兒飛快走到歐陽子穆身邊，一雙不下於芙蓉的大眼期待的看著對方，成功的讓歐陽子穆更陷入進退兩難的地步。

他無法拒絕。

他沒辦法面對潼兒期待的表情說出拒絕的話，一想到這孩子會因為自己的拒絕而傷心，歐陽子穆就覺得自己是個大惡人。

「今天的壽麵和壽桃包子都是我做的！歐陽大人快坐下！」忙碌了一下午，連芙蓉回來了也抽不出時間去應付的潼兒把自己的努力成果獻寶般說出來，潼兒很自然的伸手拉住歐陽子穆的手臂把他拖到座位邊，動作流暢自然沒有一絲尷尬。

因為他是男孩子，拉另一個男人當然沒有尷尬，但歐陽子穆卻立即臉頰微紅半推半就的就座。對比潼兒坦蕩的態度，歐陽子穆在內心搧了自己好幾十個巴掌。人家小女孩男女大防意識不足，你這個成年人自己在意外高興個什麼！

坐下的歐陽子穆還忙著責備自己，隱身在一旁的塗山一雙狐狸眼卻是笑彎到一個十分可疑的弧度。旁觀者清當局者迷呀！但事情不理會，恐怕會變成很危險的情況吧？

所有菜已經上桌了，但還不見芙蓉出現，潼兒正想要去找人，卻看到她從外邊探頭進來。

潼兒喜孜孜的走過去，但看到她帶著來的東西卻愣住了。

「聽說今天是歐陽大人的生辰，所以芙蓉特地準備了一份賀禮。」芙蓉覺得自己和歐陽子穆算是同病相憐，同情指數又提升了不少，決定要給他好好慶生。

只見她拍了拍手，一隻半人高的小熊帶著驚恐表情小心翼翼的從芙蓉身後走了過來，在芙蓉的指令下做出了一連串高難度的動作。

「喜歡嗎？放心，牠已經受過嚴格訓練了。」

塗山聽得嘴角抽搐。妳下午才把這隻小熊帶回來，晚上就說牠受過嚴格訓練？這下午妳到底對牠做了什麼？

「謝……謝謝。」歐陽子穆完全被這份禮物嚇得不會反應，他現在滿腦子都在思考自己該怎樣安置這份禮物……她送熊給自己是什麼意思？宰了牠來吃？還是等熊長大了換他成為食物？

無視壽星等人被小熊的出現嚇了一跳，芙蓉隨手拿了個包子湊到潼兒身邊。

「潼兒，雷震子大哥是不是派人送信給我？」

「這兩天是有信給妳，不過沒署名我不清楚，等會拿給妳看。怎麼了？」

「剛才收到哪吒三哥哥的信，說讓我一定要無視雷震子大哥的要求，害我現在好奇死了。」芙蓉狠狠的咬了一口包子，她現在真的快被好奇心折磨死了。

「雷震子大人的請求會讓人聯想上麻煩二字。」

「無事不登三寶殿，他一定是有什麼見不得人的勾當找我一起了。」和雷震子很熟的芙蓉立即聯想出友人那張不太老實的笑臉。不過，雷震子為人雖然有點不靠譜，但有好康時定不會忘記替她留一份，是位好大哥呀！

說不定有外快可以賺了？那她的還債大計就可以快一小步了！現在完成本子上的工作能兌換的仙石太少了，她仍是一窮二白還不起債，只有出賣勞力。為了外快收入，她心裡已經把哪吒捎來的忠告拋諸腦後，只惦著雷震子的信寫了什麼。

拜託最好是又易做又有好收入的外快呀！

番外《禮物》完

後記

大家好！我是竹某人！這樣的開場白有點兒老套，不過對很多讀者朋友來說，在《芙蓉仙傳》出版前可能沒聽過這個有點古怪的名字吧！XD

從網路寫作到自己印製紀念本小說等，為的都是想自己的作品成書，和別人分享之餘也是自己期待著的一份喜悅吧？

和我一路走下來的有很多人，一一列出來的話頁數絕對不夠用，但現在看這一段後記的你絕對是我要感謝的人之一喔！

首先讓我感謝不思議工作室給我這個寶貴的機會，讓《芙蓉仙傳》這個故事變成鉛字展現在大家的眼前，收到過稿通知的那天我開心得一整天在傻笑！還好那天某竹休班，不然嚇壞公司裡的人！

更要謝謝的是一眾把《芙蓉仙傳》一書從書架拿下來的讀者朋友！別人常說讀者的支持是作者的動力，不是假的哦！

寫作過程中讀友們、作者朋友們的支持和鼓勵讓某竹很感動，在此讓我在後記中再一次謝謝好友香草為我寫了推薦序！（臉紅）

希望《芙蓉仙傳》這三卷的故事能讓大家看得開心愉快！如果能讓你有以上的感覺，那我第一

個目標就達到了！

期待著在以後的日子，竹某人的書還會出現在你們的書架上！

編輯大人辛苦你了！（親一個）

竹某人　二〇一二年十一月

《芙蓉仙傳之打工女仙我最大！》
《芙蓉仙傳之保鑣女仙我最威！》
《芙蓉仙傳之神探女仙我最讚！》
全國各大書店、網路書店、租書店，強力熱賣中！

萌動的愛戀！
火熱的友情！
創世記典
Online
全八集
蒼漓
Novel
illeŭft
──明子
重「身」進化！超不幸逆轉性別的美少女！
搭配最殺遊戲團隊！
化不可能為可能──
改變x創造xGame Start!!
戀愛、勇氣的奇蹟是1%的相信加上99%努力。
全套八集，全國各大書店、租書店、網路書店持續熱賣中！
更多詳細內容請搜尋★
不思議工作室_
立即搜尋
典藏閣
采舍國際
www.silkbook.com
版權所有© Copyright 2012

邪与血
BLOOD OF CAINE
J2・維特
X
草肅
神父不可以是另類又叛逆的聖職者？
吸血鬼不可以是可愛又迷人的血魔族？
惡魔神父 × 天使吸血鬼
一場隨時引爆火藥的朝聖之旅！
「黃泉路上有個伴總是不寂寞的……」
「那麼我就讓你先上路吧！」
全套五集，全國各大書店、租書店、網路書店持續熱賣中
★更多詳細內容請搜尋★
不思議工作室
立即搜尋
典藏閣
采舍國際
www.silkbook.com
版權所有© Copyright 2012

飛小說系列036

芙蓉仙傳之神探女仙我最讚！

出版者■典藏閣
作　者■竹某人　繪　者■Mo子
總編輯■歐綾纖
製作團隊■不思議工作室

郵撥帳號■50017206 采舍國際有限公司（郵撥購買，請另付一成郵資）
台灣出版中心■新北市中和區中山路2段366巷10號10樓
電　話■(02) 2248-7896　傳　真■(02) 2248-7758
物流中心■新北市中和區中山路2段366巷10號3樓
電　話■(02) 8245-8786　傳　真■(02) 8245-8718
ISBN■978-986-271-297-9
出版日期■2012年12月

全球華文國際市場總代理／采舍國際
地　址■新北市中和區中山路2段366巷10號3樓
電　話■(02) 8245-8786　傳　真■(02) 8245-8718

新絲路網路書店
地　址■新北市中和區中山路2段366巷10號10樓
網　址■www.silkbook.com
電　話■(02) 8245-9896
傳　真■(02) 8245-8819

線上總代理：全球華文聯合出版平台
主題討論區：http://www.silkbook.com/bookclub　◎新絲路讀書會
紙本書平台：http://www.silkbook.com　◎新絲路網路書店
瀏覽電子書：http://www.book4u.com.tw　◎華文電子書中心
電子書下載：http://www.book4u.com.tw　◎電子書中心（Acrobat Reader）

☞您在什麼地方購買本書？☜

☐便利商店__________☐博客來　☐金石堂　☐金石堂網路書店　☐新絲路網路書店

☐其他網路平台__________☐書店__________市／縣__________書店

姓名：__________地址：______________________________

聯絡電話：__________電子郵箱：______________________________

您的性別：☐男　☐女

您的生日：__________年__________月__________日

（請務必填妥基本資料，以利贈品寄送）

您的職業：☐上班族　☐學生　☐服務業　☐軍警公教　☐資訊業　☐娛樂相關產業

☐自由業　☐其他__________

您的學歷：☐高中（含高中以下）　☐專科、大學　☐研究所以上

☞購買前☜

您從何處得知本書：☐逛書店　☐網路廣告（網站：__________）　☐親友介紹

（可複選）　☐出版書訊　☐銷售人員推薦　☐其他

本書吸引您的原因：☐書名很好　☐封面精美　☐書腰文字　☐封底文字　☐欣賞作家

（可複選）　☐喜歡畫家　☐價格合理　☐題材有趣　☐廣告印象深刻

☐其他__________

☞購買後☜

您滿意的部份：☐書名　☐封面　☐故事內容　☐版面編排　☐價格　☐贈品

（可複選）　☐其他

不滿意的部份：☐書名　☐封面　☐故事內容　☐版面編排　☐價格　☐贈品

（可複選）　☐其他

您對本書以及典藏閣的建議______________________________

____

____

✌是否願意收到相關企業之電子報？☐是　☐否

✍感謝您寶貴的意見✍

✌From__________@__________

♦請務必填寫有效e-mail郵箱，以利通知相關訊息，謝謝♦

印刷品

$3.5
請貼
3.5元
郵票

無效請信場
POSTAGE POST

235　新北市中和區中山路二段366巷10號10樓

華文網出版集團　收

（典藏閣－不思議工作室）

神探廿仙我最讚!!

天蓉仙傳

竹影人○編　好子○繪